特工教室 2

[日] 竹町 / 著
[日] 泊里 / 绘
刘晨 / 译

天津出版传媒集团
百花文艺出版社

封面、正文插画　**泊里**

武器设定协助　**朝浦**

SPY ROOM
the room is a specialized institution of mission impossible
code name manamusume

页码	章节	标题
001	序章	继承
004	第一章	伪装
049	第二章	收买
113	第三章	暴露
151	第四章	爱意与暗杀
202	尾声	爱女
212	下一个任务	
217	后记	

目 录

序章　继承

那具遗体葬在公共墓地。

一名俊美的男子伫立在墓地前，雨水打湿了他的及肩长发。他的头发贴在脸上，遮住了那俊美的脸庞，让他显得有些不修边幅。他留这么长的头发或许是为了隐藏自己，可在夜幕下的墓地里独自一人淋雨，这头发又让他显得突兀又诡异。

出于职业习惯，他非常不喜欢做引人注目的事，唯独这一次，他没有注意到自己此刻多么显眼。

他是一名特工。

他叫克劳斯，除了这个名字，他还会在不同场合使用不同的名字，但最常用的还是克劳斯。

除了他，公共墓地中没有其他人。在这样一个冷雨夜，只有他会特地带着铲子和油灯来扫墓。

他默默地凝视墓碑，眼中带着落寞。墓碑上刻着许多名字，它们都很普通。不过，这些名字并不代表逝者本人，不过是他们生前用过的代号罢了。

大多数特工在世上走过一遭的足迹都无法为世人所知晓。

不过，这也足够了。

他们得到的情报、成果和教训，他们的故事和意志……会永远留在活下来的人们心中。

确认没人看到他后，克劳斯开始用铲子挖土。为了不破坏棺材，他在棺材周围挖洞。挖好后，他从怀里掏出一个白色的盒子放在洞底。

"师父……哪怕只剩手指，也请允许我葬在这里吧。"

克劳斯祈祷后，开始用铲子填土，坑洞很快恢复如初。

他重重地叹了一口气。

葬在这里的是克劳斯以前的同伴——特工小队"焰"的成员们。克劳斯本来是一个孤儿，是"焰"的伙伴们带他来到特工世界，把他培养成一流特工。对他来说，他们就像家人一样。

他正回想往事，突然察觉到身后有人的气息。

"老师……"

克劳斯回过头，发现八名少女撑着黑伞在他身后站成一排。

她们身上穿着一所虚构的宗教学校的校服，与墓地的氛围十分和谐。

"你们没必要都来啊。"克劳斯眯起眼睛。

银发少女——队长莉莉拿着一瓶红酒率先上前一步。她打开瓶塞，把瓶子里的酒倒在墓碑上，随后交握双手，闭上眼睛。

少女们轮流拿起瓶子，把红酒倒在墓碑上，然后祈祷。似乎有人倒得太多，轮到最后一个人的时候，瓶子里只剩下两三滴酒，看来她们还是有些粗枝大叶。

不过，克劳斯对她们的潜力深信不疑。

"老大你看，我们九个人组成的就是'焰'的后继小队'灯'。"克劳斯对着墓碑说道。

墓碑当然不会回话，但他觉得他的老大一定听得到。

和家人说完话后，克劳斯把视线转向少女们。他决定在这块墓碑前再确认一次。

"既然决定让'灯'存续下去，那我们就要继承'焰'的使命。目前'灯'的任务是对害'焰'覆灭的特工组织'蛇'

进行调查。这可不是一件容易的事，你们做好心理准备了吗？"

少女们丝毫没有退缩的意思。

她们的脸上甚至带着自豪的笑容。

"所以工资也很高，对吧？"

"'焰'是我的偶像。"

"埃尔娜要救很多人呀。"

"小爷我要和大家在一起！"

"只要能在老大身边……"

少女们纷纷说出自己的想法。

她们的出身，成为特工的动机、野心，对"灯"的归属意识各不相同，但所有人的回答都一样。

最后，莉莉笑着说道：

"只要能无愧于队长这个称号，能够绽放才能就行。"

"好极了。"

"灯"的成员们对墓碑鞠躬行礼，然后转身踏上归途，她们的眼神里都带着坚定的信念。少女们想尽快回到阳炎宫继续训练，她们急切的心情都表现在了脸上。

克劳斯在临走前又看了墓碑一眼，复述了一遍自己和师父的约定：

"这次我一定会保护到底。"

短期之内他不会再到这里来。

长眠于墓碑下的家人想必也不希望总是看到他。

第一章　伪装

世界充满了痛苦——

从前战争会在几个月内结束。不管两个国家之间有什么深仇大恨，在物资耗尽后，战争都无法继续下去。就算打到一半，到了麦收季节，战争也要停一停。子弹打光，人们就得尽快认输和撤退——直到科学技术取得进步。

蒸汽机的出现带来了产业革命，机动船和蒸汽机车等运输工具有了突飞猛进的发展。人们有能力为战争生产大量物资，能从其他大陆向战地运输大量粮食，甚至还能从殖民地征兵，弥补兵员的不足。

战争开始后，逐渐脱离人们的控制，演变成长达数年的持久战。

这场战争没有胜利者，所有参战的人都明白这一点。

战争的性价比太低了。

战争会导致经济停滞，民生凋敝，国力衰退。唯一得益的只有没有参加战争、一直在出口物资的其他大陆的国家。战争实在是巨大的浪费。

因此，所有国家的观念都发生了转变。战争不该一再发生，人们成立了维护国际和平的机构，世界进入了通过协商解决国际问题的时代。当然，人们不会抛弃野心，只是明白没必要撕破脸皮用大炮来解决问题。如果想要资源，人们有更好的手段。

就这样，"光之战争"迎来终结。

第一章 伪装

在新时代展开的是特工们的情报战——"影之战争"。

迪恩共和国也加入了"影之战争"。

说起迪恩共和国的情报机关，大战前有陆军情报部和海军情报部，可是这两个情报机关彼此看不顺眼，而且在军部特有的严格规定下，它们作为情报机关的水平也很低。于是，迪恩共和国在世界大战中成立了一个跨越这两个情报机关的新组织——对外情报室。

对外情报室的核心是传说中的情报团队"焰"。据说这个团队从中世纪起就为王室服务，大革命期间还曾经帮助王室成员逃亡，但没有人清楚他们的真面目。在各军情报部的精英和"焰"的合作下，对外情报室大显身手，为世界大战的终结做出了贡献。

现在，距离世界大战已过去十年，阴谋和背叛导致第三十八代"焰"覆灭。

不过，"焰"中幸存下来的青年决定继承"焰"的遗志。

他让一支临时小队升级成正式小队。

为了区别于上一代，第三十九代"焰"有另一个名字——"灯"。

◇ ◇ ◇

"灯"的据点位于迪恩共和国的一座港口城市。

他们的据点就隐藏在这座国内为数不多的繁华商业城市中。在商店林立的街区一角，有一座名叫伽玛斯宗教学校的小楼，沿着这座小楼仓库中的密道向前走，就能看到宽敞的庭院和一座宫殿。这是一座名叫阳炎宫的奢华西式建筑，传说这里曾经是王室的藏身之所，于名于实都是一座"宫殿"，不过现在就连其中的居住者都不知道这传说是真是假。

不久前，阳炎宫中还被安装了窃听器，但现在都已被拆除，阳炎宫的机密性得到保障。这是一座坚固的要塞，就算敌人知道它在什么地方，也无法得知里面的人在做什么。

"好极了。"

克劳斯再次仔细打量这座宏伟的宫殿。

克劳斯相貌俊美，要是没有仔细观察他那高挑的身材，恐怕有人会误以为他是女性。修长的身形加上他故意留长遮住标致脸庞的头发，让他看起来少了点男人味。他的实际年龄只有二十岁，但那沉稳的样子让人以为他有二十五六岁，甚至是三十多岁。

克劳斯有三个特殊之处。

第一，他是"灯"的老大，手下有八名少女。

克劳斯已经十天没回据点了。他打开门，沿着铺着地毯的走廊向里走。一名少女跑出来，微笑着向他挥手。

"啊，老师也回来了！好久不见！"

这是一名可爱的银发少女。

她叫莉莉，有着亮泽的银发和傲人的曲线。她很爱笑，是八名少女中的队长。

克劳斯已经十天没见到她了。

"是啊，好久不见啊。"

听到克劳斯对她打招呼，莉莉盯着他说：

"这次出国旅行怎么样？老师好像是去莱拉特王国吧？好

羡慕老师，莱拉特王国的海鲜很有名呢！"

"还好，你的假期过得如何？"

"我当然过得很充实，不光有工资拿，而且有十天这么长！"

克劳斯给少女们放了十天假。

还是临时小队时，"灯"完成了一个极其困难的任务。在那个任务完成前，她们一直没有休息的机会，于是克劳斯给她们放了一个长假。正好对外情报室也支付了那个任务的报酬，十几岁的少女们领到了一笔以她们的年龄来说相当丰厚的工资。

"我还给老师买了伴手礼呢，请到餐厅来吧！"

莉莉开心地说着她的十天假期，拽起克劳斯的胳膊，甚至没有给他放下包的时间。

克劳斯随口问道：

"对了，其他人呢？"

他觉得阳炎宫中格外安静。

莉莉不悦地鼓起脸颊说：

"很遗憾，她们还在度假。这些家伙真是松懈过头了。"

克劳斯四下张望，既没看见其他少女的身影，也没有听到楼上平时会有的脚步声。

他闻到餐厅里传来的香味，是煎好的培根的味道。看来这就是莉莉的伴手礼，她似乎算准了他回到阳炎宫的时间，提前准备好了。

餐厅的门敞开着。

餐桌上已经摆好了饭菜。洁白的桌布上摆着培根肉排和一碟水果，还有红酒。

当克劳斯踏入餐厅一步后——

"当然是骗人的。"

莉莉吐了吐舌头。

话音刚落，藏在餐厅里的几名少女现身了。

她们分别从门后、桌布下、吊灯上跳出来，扑向克劳斯。

除莉莉之外的七名少女一齐发起了奇袭。

她们手中都拿着钢丝绳，用来制服目标。

面对少女们的袭击，克劳斯说：

"我想也是。"

他依然很冷静。

就像早就预料到了这次袭击，克劳斯身子一扭躲过第一名少女的攻击，同时伸出细长的手臂攥住桌布。

他突然用力，把桌布拽了过来，而放在桌布上的餐具依然纹丝未动。

他像撒渔网一样把桌布扔向少女们，七名少女直接被桌布裹住，倒在了地板上。

"这样的袭击太单调了。"

克劳斯淡淡地说着。

面对下属们突如其来的暴行，他一点都不生气。

莉莉好像很不甘心，攥紧了拳头。

"唔……我以为就算是老师，刚度完假也一定会松懈！"

"一流特工不会度个假就松懈下来。我承认你们有所成长，不过还差得远啊。"

"既然还差得远，你倒是把诀窍教给我们啊……"

"奇袭要轻飘飘的，就这样。"

"老师才是一点长进都没有！"

第二，他是一名教官。

"灯"是由特工学校的问题学生和差生组成的。成员们虽天赋异禀，但各有各的问题，无法适应特工学校。克劳斯不光是管理她们的老大，同时还是要让她们的才能开花结果的教官。

不管用什么手段，要让克劳斯说出"投降"二字——

这是克劳斯以前给少女们布置的课题。她们曾经为完成这一课题，夜以继日地与克劳斯斗智斗勇，努力钻研。

假期刚刚结束，少女们马上再次开始挑战课题，克劳斯满意地点点头。

"不过，我充分感受到了你们的斗志，好极了。这就是我的评价。"

"当然，我们可是铆足了劲！"

莉莉双手攥拳。

"'灯'现在已经得到正式任命，不再是临时小队了！我们当然充满斗志。组成正式小队后的第一个任务，我们也要漂亮地完成！"

莉莉说着，蹦了两下，显得十分激动。

她对还在桌布里裹成一团的其他少女问道：

"大家也是吧？"

少女们纷纷回答：

"第一个任务，尽管来吧！"

"是时候展现我们团结的力量了！"

大概是休假的这段时间养好了精神，她们的每一声都显得铿锵有力。

可是，克劳斯不解地歪头。

"第一个任务已经完成了啊？"

"啊？"

"我已经完成了莱拉特王国的三个任务和国内的两个任务，

接下来是第六个任务了。"

"……"

少女们脸上的表情凝固了。

她们原本对成为正式小队后的第一个任务满怀期待，此时只觉得自己的期待就像玻璃一样碎裂了。

"那么，大家努力训练吧。"克劳斯说着，抓起盘子里的一个苹果，便走出了餐厅。

第三，他实在有些我行我素。

餐厅里只剩下一头雾水的少女们。

她们看看彼此，想了想眼下的状况，这才搞清现实——克劳斯没有邀请她们一起去执行任务。

"等一下！"

她们对着转身离开的克劳斯发出了怒吼。

◇◇◇

"你一个人完成了这些任务？在这么短的时间里？"

在内阁府的一间屋子中，一名满头白发的男子一脸无奈地说道。平时他的视线锐利得仿佛能穿透对方，可唯独这会儿他的脸上带着些许困惑的神情。他撩起灰白的头发，看向手边的报告书。

克劳斯身在对外情报室。这个房间的名称听起来很普通，实际上安保措施十分周全。人们要得到内阁府警卫员的许可，用专用钥匙搭乘电梯，输入密码，才能来到这个房间。房间中红色的地毯上只放着办公桌和沙发。这个有些诡异的空间中没有其他工作人员，只有一名男子常驻这里。

"难以置信……但恐怕你是干得出来的。"

这个房间的主人就是这名被人们称为C的男子。这位对外情报室的室长正按着眉心。

"学生们已经正式加入,你带着她们去多好。"

"她们的实力还不够。"

克劳斯毫不犹豫地给出回答。

他坐在沙发上,喝着室长给他泡的咖啡。室长的咖啡还是和往常一样难喝。

"我也想让她们积累实战经验,可惜,这和老业务员带新人去谈生意不一样。她们还不合格,怎么能随随便便带她们去执行任务?"

"她们不是完成了一次任务吗?"

"那是例外,那是一次没她们就无法完成的任务。"

克劳斯猜测到某个男子叛变了,认为自己单枪匹马无法完成任务,不得已才做出了那样的决定。

而这次的任务他一个人也绰绰有余,没必要带她们一起去,要是她们去了,还有可能遭遇危险。

"我当然承认她们的才能,也迟早会让她们参加任务,只是现在还为时尚早。"

他同意她们不回特工学校,也决定要为此负责。

他要亲自教导、训练、指引她们。

不过,这件事不能操之过急。

"希望你不是永远这样说,结果耽误她们几年才好啊……"

"说得好像你能看到将来一样。"

"这是你可能会犯的错误。"

室长用犀利的视线盯着克劳斯。

克劳斯冷冷地看向室长。

"那么，你能不能给我们一个正好合适的任务？"

"正好合适？"

"不用冒太大的生命危险，而且能让她们积累经验的任务。"

"哪有那么合适的任务？"

克劳斯只是随口问问，没想到室长回答得毫不留情。

"那么，我暂时还是减少一些任务吧。该做的工作，我已经做得够多了吧？我希望能有几周时间来教育我的下属，而且我还想收集'蛇'的情报。"

"你应该也明白那是不可能的。"

室长抓起桌子上的文件。

克劳斯随便扫了一眼，看到有好几本资料，应该都是新任务的。

克劳斯默默地看着室长。

"你满脸不乐意啊。"

"你本来不是给我一个月的假期吗？"

"因为我看你的脸色已经好点了啊。"室长那有些笑意的脸又变得严肃起来，"可是你应该也明白吧？我们在这里说话的这段时间，帝国还在不停地派出卑鄙的特工侵略我们的国家。"

"……"

"他们会腐化政治，偷走发明，诱使国民变成顺从于帝国的愚民。我们的同志正为阻止加尔加多帝国的侵略在敌国腹地努力展开情报活动，抛头颅洒热血。失去'焰'已经给我们的国家造成了很大的影响。"

室长拿"焰"说事，这让克劳斯不好反驳。

恐怕室长就是看穿了这一点，才故意这样说的。

他又掏出一个厚厚的文件夹，摞在桌上的文件上。

"特别是这个任务，能完成它的——只有你。"

那份文件与众不同，纸是漆黑的，还用绳子缠着。

克劳斯不用看就知道这是一份很棘手的工作。

"我知道'灯'还不够成熟，目前只有你能完成任务，这个队伍相当于只有一人，这也是没办法的事。"

"……"

"可是，这个充满痛苦的世界，不会等你们成长起来。"

"……"

"不要用沉默表达不满。"

克劳斯抓过那个文件夹，粗略地翻阅起来。这个文件夹中有将近一百页纸，克劳斯不到十秒就翻到最后一页，然后撕碎了文件。

室长的眼睛放出凶光。"你要拒绝吗？"

"你看到了。"克劳斯这样回答。

"看到什么？"

"我已经记住了。"

室长的眼神中闪过一丝惊讶。

克劳斯叹了一口气，说：

"为了保护'焰'深爱的国民，除了接受，我没别的选项吧？"

克劳斯的师父教过他许多次——就算不想接受任务，为了信仰也要克己奉公。

因为能改变这个世界的，只有特工。

克劳斯回到阳炎宫的时候，已经是深夜。

阳炎宫所在的港口城市与首都的距离相当远，每次回来都会很晚。

除门厅之外，阳炎宫没有亮着其他灯，看来少女们已经就寝。摆钟的时针指向深夜十一点，对年轻爱玩的少女来说，还没到能睡着的时间。克劳斯看到大厅里散落着无数特工用的工具，心想她们可能是在他不在的时候努力训练，所以已经很疲惫了。

克劳斯回到自己的房间，刚解开领带，房门就被敲响了。

"老大，我给你拿红茶来了……"

那声音听起来很文静。

克劳斯打开门，看到一个用托盘端着茶壶的少女。

少女留着一头红色短发，身材很苗条，尤其是四肢十分纤瘦，让人觉得她整个人就像一件精致的玻璃工艺品，不轻拿轻放就会碰坏。

她的名字叫格蕾特。

"谢谢，不过，你没必要特意起来给我泡茶。"

"这是为老大……"

"我说过很多次，别再这样叫我。"

克劳斯被人这样称呼会觉得浑身不自在。

在他心目中能被称为"老大"的人只有一个，就是"焰"的老大，代号"红炉"。

格蕾特没有回应克劳斯的抗议，开始给他准备茶。他下意识地观察起来，看她把红茶从茶壶中倒进杯子里时有没有下毒。他并没有看到格蕾特有那样的动作，她似乎真的只是出于善意给他送来红茶。

她只是他的下属,不是他的仆人,用不着给他端茶倒水。

克劳斯和格蕾特说过很多次,但她就当没听到。

"我去旅行的地方有一种很香的红茶,想让老大也尝一尝。"

"这茶叶的品质确实很好,肯定很贵吧?"

"要给老大喝的红茶怎么能是便宜货?"

"这样啊,谢谢。"

克劳斯观察着麻利地给他倒茶的格蕾特。

她这么热情地对待他已经不是第一次,在上次执行任务的过程中,格蕾特也表现出了对他的好感。

——想不通,我做了什么让她喜欢的事吗?

她为什么对他这么热情呢?

克劳斯回想起格蕾特对他的态度发生转变的日子。

◇ ◇ ◇

确实有那么一件事,虽说算不上富有戏剧性,但能让人留下深刻的印象。

那发生在夺回生物武器的任务前。

为了执行重要的任务,克劳斯也在训练。他想热热身,同时想到了一个小小的恶作剧,于是伪装成别人,以"拜访克劳斯的同事"这一身份来到阳炎宫。少女们完全没发现此人就是克劳斯。他对少女们说"只要给克劳斯高级红酒,他就会喝得烂醉",于是大家都信以为真。而且莉莉还对他说"我一有机会就会偷老师保管的罐头吃"。他早就觉得罐头变少了,果然是这家伙在偷吃。

把少女们挨个骗了一遍,克劳斯解除了伪装,想去洗个澡。

他穿着平时不常穿的衣服，出了一身汗，于是走向浴室。

阳炎宫里有大浴场和浴室，前者是少女们在用，后者是克劳斯在用。

打开门前，克劳斯就察觉到更衣室里有人。

他伸出手打算敲门，伸到一半又停住了。

少女们没有必要用浴室，一定是打算对他发动袭击。既然这样，他应该装作没有发现才合乎礼仪。他这样想着，打开了门，却看到格蕾特站在更衣室里。

"嗯？"

"啊！"

格蕾特赶忙抓住浴巾蹲下，可惜已经晚了，白皙的皮肤和修长的腿一览无余，就连平时绝对看不见的部分也显露出来。克劳斯下意识地嘟囔一句："好美。"

"你的行动很勇敢，我要称赞你的勇气。"

克劳斯一边夸奖，一边准备迎接袭击。

可是，少女完全没有动静。

"老大……"格蕾特抱着浴巾，双眼含泪，身体颤抖着。

有点不对劲。

克劳斯反应过来，立刻走出了更衣室。

自那天后，格蕾特对他的态度就变了。

◇◇◇

——回想一遍还是不明白……我没有做什么会让她喜欢上我的事。

虽说是意外，但毕竟被看光了，她应该对他产生厌恶，他

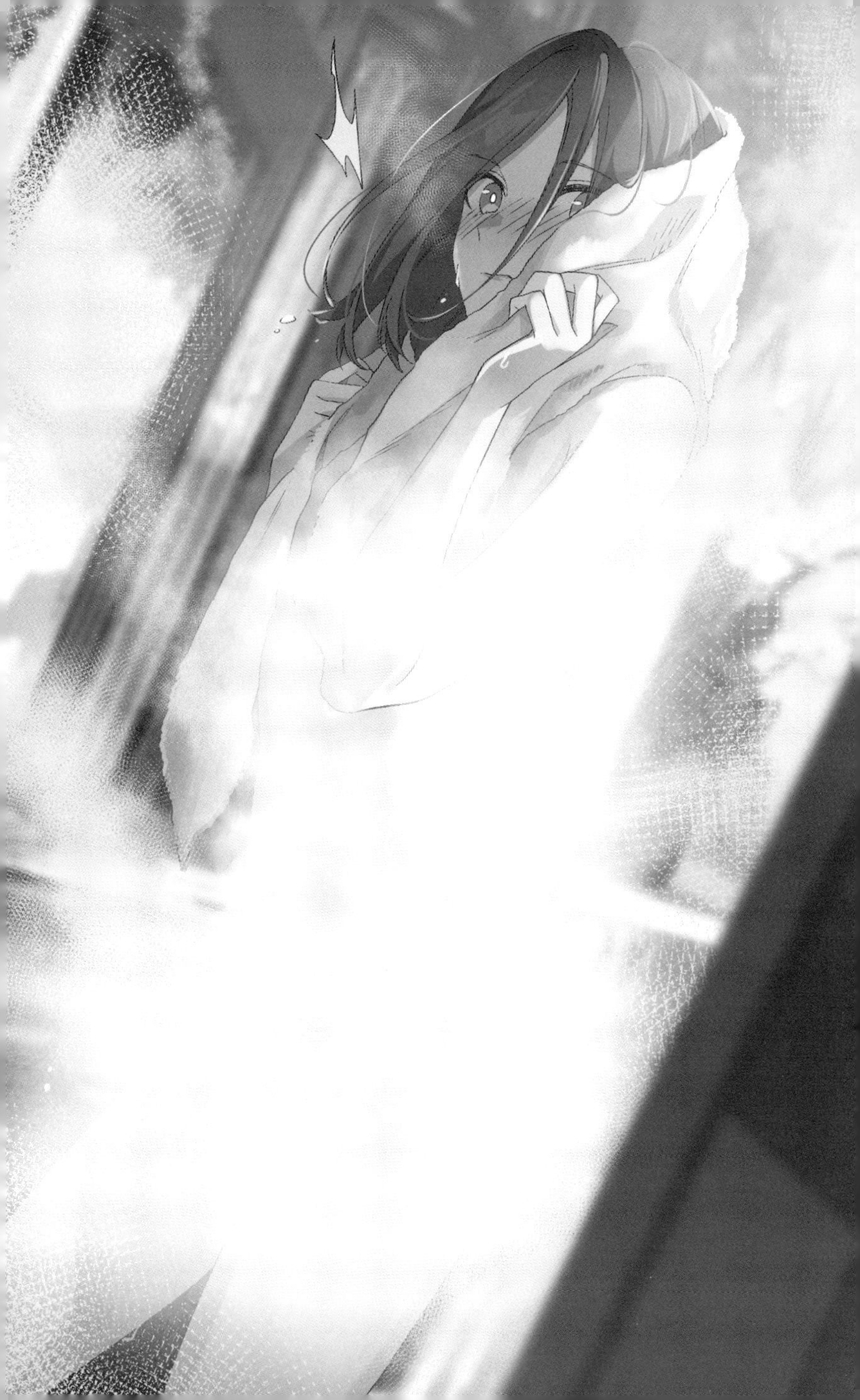

们之间的关系会变得尴尬才对，可为什么结果相反呢？莫非她是打算让看到的人负责任吗？如果真的是这样，她的观念可说是相当落后，或者说相当扭曲啊。

"今天老大回来得很晚，明天能好好休息一下吗？"

克劳斯正回想着，格蕾特向他问道。

"不，恐怕很难。我接到一个重要任务，还要重新写报告书。"

"重新写？老大也会有返工的时候吗？"

"我接受的大多是别人失败过一次的任务，为了其他特工今后能参考，上头要求我把执行任务的过程详细记录下来。"

"真不愧是老大啊……"

"我写了'凭感觉完成'，上头让我不要开玩笑。"

"唉。"格蕾特发出一声难过的叹息。

这是克劳斯不擅长的事。

他无法具体说明自己的行动。就像人们无法详细描述如何穿衬衫和如何扣纽扣一样，他也无法把特工的技能传授给别人。他之所以让学生们通过击败他这种闻所未闻的方式来训练，也是因为这一点。

当然，克劳斯把最基本的情报都罗列在报告书上，也把大致的来龙去脉记录下来了。可是，每到需要具体描述的地方，他总是只能凭感觉回答。

结果就是他的工作越积越多。

看来他在短期之内无法休息了。

格蕾特看上去似乎想说什么。

"老大……"

"怎么了？"

"如果不介意，请允许我抱抱你……"

"我当然介意。"

她怎么突然提出这种事？

他正摸不着头脑，却看到格蕾特展开双臂。

"不要难为情，老大可以尽情向我撒娇。"

"你摔到头了？"

格蕾特的攻势太猛烈了。

莫非是同伴向她灌输了什么歪理邪说吗？

"我还是问问吧，你这是在练习美人计吗？"

"不，我丝毫没有骗老大的意思……"

她好像感到很遗憾一般低下头。

"我只是希望老大能好好休息一下……"

"休息？"

"上一次的'不可能任务'能成功全是老大的功劳。你刚完成'不可能任务'，现在又要一个人承担其他任务和杂务，还要负责教我们……"

格蕾特说的上一次任务，应该是指夺回生物武器的任务。

执行那个任务时，虽说一切都和克劳斯的计划一样，可是她们的行动始终在敌人的掌握之中，可见她们与一流特工之间依然有实力差距。克劳斯最终还是让她们当诱饵，由他独自解决所有问题。

"疲劳……还有其他方面，"格蕾特吸了一口气，"应该很需要释放吧……"

格蕾特的语气像是在强调"其他"二字。

克劳斯觉得为了自己着想，还是不要问及这一点为好。

"感谢你的关心，但现在你还是把精力放到训练上，努力对我发动袭击吧。"

"啊！这是邀请我夜袭……"

格蕾特的声调突然升高。

克劳斯捏住眉心。

"格蕾特，下次到我的房间来的时候，带上别人一起来。"

"啊！我一个人居然还不够！"

"我一个人吐槽太累了。"

克劳斯再次认识到，这个小队中有很多怪人。

确认格蕾特走后，克劳斯舒了一口气。

格蕾特把茶壶留在了房间里，壶里还有不少红茶。

她端着茶壶进来的时候，克劳斯正好觉得有些口渴。她好像看透了他想要什么，如果不是具有极强的观察力，是无法做到的。

克劳斯在飘着茶香的房间中，思考起少女说过的话。

——疲劳啊……

室长说克劳斯的脸色好些了，但那人说的话不可信。

格蕾特对他有好感，她的话倒是应该考虑一下。

他用手指摸摸自己的脸。

他觉得自己的皮肤不像以前那么有弹性，面部肌肉处在疲劳状态，就连远比别人用得少的表情肌也是。

——她说得没错，我应该休息一下。可是，我现在……

克劳斯看向墙壁，只见墙上挂着一把武器。

那是一把看起来与特工不太搭调的又长又大的武器。它来自东洋，像弓一样弯曲，战斗高手能让它发挥出惊人的威力。

那是一把刀，曾经是克劳斯的师父吉德的武器，现在已经成了吉德的遗物。

——这次你一定要保护好。

克劳斯想起吉德的遗言。

对克劳斯来说,吉德既像父亲又像朋友,是他的家人。

——比起我的身体,培养她们才是最重要的……

他想起了室长交给他的任务。

"暗杀杀手——就是这次的任务。"

克劳斯接受任务之后,拿到了一份政治家的资料。

全世界的反帝国政治家接连死于非命,他们都是从高处掉落摔死的,而且都留下了遗书。这些遗书很可能是伪造的,人们认为这些政治家都是被迫自杀的。

"目标的名字是'尸',这是我刚刚取的名字,据说此人长得像死人一样。"

真是一个吓人的名字。

"迪恩共和国也是一样,两周前有位政治家跳楼自杀去世了。我觉得应该就是这家伙干的,看来他已经进入我国。"

室长不慌不忙地说道,好像在为孩子的恶作剧头疼一样。

"这是第一科团队查到的'尸'的情报,你可要好好利用。"

克劳斯点点头。

接下来室长要说的话,他已经想到了。

"掌握这份情报的同志已经被杀了,接手任务的人也一样。也就是说,这个任务已经被分类为'不可能任务'。"

判定为无法完成的任务就是"不可能任务"。

这个任务的性质更像是秘密警察的工作,属于国内防谍的范畴。

而且克劳斯在看过资料后发现——

"这个'不可能任务'的难度比上一次任务更高。"

克劳斯同意室长的意见。

"我们好几位优秀的同志都被杀了,毫无疑问,对手是超一流的杀手,而且我们当中恐怕有叛徒为杀手提供情报。还有,你也知道,你的情报已经泄露到帝国。如果你光明正大地行动,'尸'想必会隐藏起来。"

最后,室长说道:

"让少女们参加任务,你一个人无法完成。"

他的话音现在还留在克劳斯的耳边。

回想完对外情报室中的一幕,克劳斯叹了一口气。

他一边回忆室长给他看的资料,一边制订计划。室长的提醒不无道理,这次任务虽然规模不大,但难度确实比上一次夺回生物武器的任务高。

克劳斯认为自己应该为艰巨的任务做好准备。

问题在于要不要让少女们参加这项任务。

——不,她们可能会被"尸"干掉……这次任务我还是应该自己去。

在战斗、博弈、尔虞我诈方面,克劳斯认为自己不会输给敌人。

可是,不管有多自信,他终究只有一个人,不能应对所有的风险,无法保证少女们的安全。

——要是那些家伙能有些成长,那就另当别论了……

他是她们的指导教官,连他都不觉得她们有什么成长,只能说愿望终归是愿望……

无论如何，他希望能再多收集一些情报后再做决定。

"不过在那之前，有另一个任务要交给你。"

室长把另一个任务交给克劳斯。

——这只老狐狸。

克劳斯腹诽道。

以特工身份在最前线战斗的时候，室长肯定是一个很了不起的高手。克劳斯的眼前浮现出室长用那猛禽一样凶狠的目光威胁目标的样子。

简单来说，办法只有一个。

尽快完成那个比较简单的任务，为猎杀"尸"做好准备。

他的疲劳不过是小问题。

接到任务后的第二天早上，少女们又给克劳斯设置了陷阱。

克劳斯来到走廊的时候，不知为何，一名少女养的小狗出现在了这里，他以为它是跑出来的。就在他这样想着，向小狗伸出手的时候，小狗转身跑掉了。他追着小狗来到储物间，发现五名少女正埋伏在那里，同时向他扑了过来。

"这连游戏都算不上啊。"

克劳斯轻松打发了少女们。

就在克劳斯打算离开储物间的时候，他发现门把手上设置了陷阱。在视野的死角处有一根针，如果他随随便便握住门把手，想必手指已经被刺伤了。

克劳斯用手帕捏起针，发现上面涂着东西。

是毒——说到这个小队中会用毒的人，克劳斯只能想到那名少女。

"莉莉，是你啊。"

"呀！"克劳斯听到一声怪叫。

门被打开，一脸心虚的莉莉探出头。

"暴、暴露了？我本来打算把陷阱设在老师会大意的地方……"

"太天真了。"克劳斯把毒针还给莉莉，"专业的特工对恶意是很敏感的，就算不是我，这么简单的陷阱也能凭感觉发现。"

"唔，我还以为自己有所成长呢……"

"最起码不会再忘记带解毒剂了吧？"

"哼哼！最近每十次里只会忘记一次！"

问题就在于还有一次。

他还是不放心让她们去挑战任务。

"正好。"克劳斯突然想到一个点子，拍拍莉莉的肩膀，"你跟我来一下。"

克劳斯带着一脸诧异的莉莉离开了阳炎宫。

上了停在街角的车后，克劳斯让莉莉坐在副驾驶座，开车上了高速公路。他有些事要在路上向她问清楚。

"怎么突然把我拉出来？莫非这就是所谓的兜风约会——"

"你们想参加任务吗？"

克劳斯打断了莉莉的胡言乱语。

上了高速公路，周围没有其他车后，克劳斯问道：

"我只是想问问你们的意见，你们对现状怎么看？"

"那当然——当然想参加。"

可能是因为自己误会了，莉莉有点难为情地挠着脸蛋。

"当然大前提是不想死。大家都想作为特工大显身手，才一直训练，刚才还在努力训练想击败老师呢。我也想成为名震世界的特工，受到人们的追捧。"

"这样啊。"

"再说了，要是总领不到任务成功的报酬，工资水平不是也会降低吗？"

"这个你们没必要担心，就算是我单独完成的任务，报酬也是均分给整个小队的。"

"啊？既然是这样，继续让我闲下去，我也一点都不在意——好痛！"

克劳斯握着方向盘，用手指弹了一下她的脑门儿。

"你不是想受到追捧吗？"

"你想啊，什么都不用干，整天躺着就能领到那么多钱，还会被当成著名特工受到人们的尊敬，这才是最理想的！"

"你太贪心了。"

"可是……如果这不可能，那我还是想挑战任务。"

莉莉放低音量嘟囔道：

"毕竟我们是特工啊，我们也想改变世界。"

她的声音不像平时那样轻浮，而是饱含真意。

她刚被克劳斯任命为队长的时候像小孩子一样开心，而现在的她已经和那时不一样了。克劳斯从她的脸上看到了使命感。

"好极了。"

克劳斯带着莉莉来到首都和港口之间的一座城市。

这座城市位于首都和港口城市之间的铁道沿线，是一座只有几万人口的小城。虽然城市规模小，但是车站周边有无数商业大楼，组成了繁华的街区。

"其他事等任务结束后再告诉你吧。"

克劳斯下车后，莉莉马上高兴起来。

"啊！这么快就要让我参加任务啊？"

"没错，你去街上散步一小时，买点饮料回到车上来。"

"明白，然后呢？"

"回家。"

"啊？"莉莉张开嘴。

"我一个人与目标接触就足够了。"

克劳斯之所以把莉莉带上车，是为了能有个平心静气说话的环境。在阳炎宫里，克劳斯近期总是抽不出时间。

"这不叫任务，这只是帮你跑腿！"

克劳斯没有理会莉莉的不满，扎起头发，进入执行任务的状态。

室长交给克劳斯的任务是找出潜伏在国内的特工。

任务内容很简单。

克劳斯要根据其他特工团队得到的情报捕捉目标。

然而，他要对付的目标是一个老油条，那个人的目的是为亲帝国的政治家提供资金援助，以破坏港湾的开发计划。其他同志两次尝试捕捉目标都失败了，于是任务被分配给了他。

克劳斯的目标目前潜伏在杂居大楼的一个房间中。他装扮成水管工来到目标的房间，可是对方已经提前做好了准备。想必是克劳斯的同志有什么疏漏，目标已经在房间里设置好了陷阱。对方一定是打算将计就计抓住克劳斯，逼他吐出情报。

不过，克劳斯解除了陷阱，开始与敌人交战。

幸运的是，这个房间两边的住户都不在家。管理员说他们都出去旅行了。在这样的环境下，克劳斯可以尽情折腾，毫无顾忌地战斗。

他没用多少时间就凭借父亲传的格斗术制服了目标。

"我问你，这座城市里是不是有你的同伴？"克劳斯用匕首指着敌人的喉咙。

那名男特工始终沉默不语。

"没有啊，那我就放心了。"

"啊……"

克劳斯观察敌人的反应，就知道他在想什么。

看来这座城市中没有这名帝国特工的同伴。

"我告诉你吧，你在其他城市的同伴已经被捕，不要撒无聊的谎。"

要破坏潜伏在国内的特工网，需要多人同时迅速行动。

这是为了避免抓捕过程中走漏风声，给目标逃走的机会。

"你怎么知道会遭遇袭击？"

对方始终沉默不语，但克劳斯通过观察他的表情就能解开疑问。

这样一来，任务就完成了。

他把抓获的帝国特工交给联络到的同志，重新换上西服后，走出了房间。善后事宜有其他团队帮忙完成，接下来他只要回去写报告就行。

克劳斯凝视着自己的手。

——肌肉变得迟钝了……

敌国特工被逼得走投无路，打算服毒自杀，而且已经把微量毒药含到嘴里。克劳斯差一点就让拥有宝贵情报的目标死掉。

他发觉连日无休地执行任务或许已经开始产生影响。

虽然时间所剩不多，但就当是向莉莉道歉，带她去餐厅……

就在这时，他听到了一声枪响。紧接着，他又听到惊叫声。声音是从街上传来的。

克劳斯条件反射地抬起头。这座城市中有几个非法组织，但他没有收到非法组织间发生争斗的消息。莫非是帝国特工破罐破摔在闹事？可是这座城市里应该没有那名特工的同伴。

克劳斯想不明白枪声为何响起。

更重要的是，那个惊叫声是莉莉发出的。

莉莉成了突发事件的当事人？

这就无法把疲劳当成借口了啊……

幸运的是，克劳斯现在是全副武装，带着枪，其他的特工用具也都装备在身上。敌人的运气真是不好。

——居然对我的同伴下手，别以为能就这么算了。

克劳斯暗想着，跑入小巷。

幸运的是，突然响起的枪声并未造成市民的恐慌。

克劳斯正觉得奇怪，只见警察围住了路上的一辆故障车。那辆车的轮胎爆了，警察们或许是把刚才的枪声当成轮胎老化后爆裂发出的声音。他们查看片刻便打算离开，街上依然是一派和平的景象。

可是克劳斯知道，那就是枪声。

有人故意把警察诱导到了故障车所在的地方。

克劳斯向传来惊叫声的方向跑去，发现莉莉瘫坐在小巷中央，非常显眼。

她的手臂在流血。

莉莉靠在油桶上，正在包扎受伤的右臂。她用匕首割开校服裙，尝试以此代替绷带。豆大的汗珠顺着她的脖子向下流，可见她承受着剧痛。

克劳斯跑向莉莉，莉莉看到他后，看向小巷深处。

"老师，我不要紧！西边！是一个穿淡棕色外套的男人！"

莉莉似乎受了很重的伤，她的脚下已经积了一摊血。

克劳斯有点不放心莉莉，不过她说得没错，现在应该去追袭击者。

会是什么人呢？

克劳斯在小巷里全速奔跑，小巷里没有其他人影，也没有人与他擦肩而过。

可是，克劳斯没能发现穿着淡棕色外套的男子，看来袭击者已经跑远。

克劳斯闭上眼睛，把注意力集中到听觉上。他发现小巷中只有两种脚步声，直觉告诉他，这两种脚步声都不急迫，也不慌乱。

脚步声离克劳斯很远，向着主路走去，渐渐和其他脚步声掺杂在一起，这让他无法继续用听觉追踪。

克劳斯把钩索搭在旁边建筑的屋顶，拉着钢丝绳跳起来。

来到屋顶后，他环顾四周。

他没有看到身穿淡棕色外套的男子，也没有看到落荒而逃或担心有人跟踪的男子。

小巷中已经没有人的气息。

——人跑掉了？不，有点不对劲啊。

克劳斯也说不好是什么不对劲，但他也只能先放弃追赶袭击者。

回到刚才的地方后，莉莉已经包扎好了手臂。

她在右臂上缠好了绷带，脖子上豆大的汗珠也已经消失了。
"啊，老师。敌人呢？"
莉莉的语调有些轻松。
"抱歉，很遗憾，让他跑掉了。"
"咦？老师都没能抓住他？"
"你对我的信任让我很高兴，可惜这地形不适合追捕。"
再说下去就有点像是在给自己找借口了，可在这样的情况下追赶袭击者确实太难了。
袭击发生的时候，克劳斯本来就在离现场有一段距离的地方。他来到现场时，袭击者已经不见，就算是他也无计可施。
"……"
可是，莉莉好像觉得很奇怪一样，沉默不语。
"怎么了？我让你失望了？"
"啊，不是，我只是看到老师刚才满怀信心地追上去，感到有点意外……"
"满怀信心？"
——我表现得满怀信心吗？
如果真是这样，那还真让人难为情。
"好了，现在先不说袭击者，先去医院治疗吧。"
"啊，是啊。"
回头再问莉莉具体情况就行，对外情报室也可能知道了什么。如果这次的袭击事件和"尸"有关，那就有意思了。
就在克劳斯一边走向医院一边思考的时候——

"嘿。"他听到这样一声。

他回过头去，看到了奇怪的一幕。

他糊涂了。

他不明白眼前的事情是怎么发生的。

莉莉把毒针刺进了他的手臂。

而且是用她已经受伤的右手。

他觉得一阵寒意袭遍全身。

紧接着，他觉得身体像烧着一样烫，浑身冒汗。

这大概是毒针的效果，生效好快。

这是用毒专家"花园"莉莉特制的毒药。

"为什么？"克劳斯的嘴唇开始颤抖，他这样问道。

"啊？这不是老师说的吗？"

克劳斯看到莉莉歪着头。

"老师说'下次见到我的时候，就把毒针当成镇痛剂刺我'。"

克劳斯完全不记得自己说过这样的话。

"镇痛剂？"

"因为老师的右臂在流血啊……"

流血？那怎么可能呢？右臂受伤的应该是莉莉才对。

克劳斯站不稳，扶住莉莉。

他的脚开始发软，头也开始眩晕，感觉身体格外沉重。

莉莉惊叫一声，扶住克劳斯。她似乎察觉到自己做错了什么，显得有些不知所措。

混乱之中，克劳斯总算明白自己为什么觉得不对劲了。

"好极了。"

克劳斯扶着莉莉的胳膊，挤出这样一句话。

莉莉的手臂果然没有受伤的痕迹。

"原来如此，真是妙计啊。枪响后，告诉我受了伤的莉莉和现在的莉莉不是同一个人。"

"啊？"

"还有一点，莉莉，现在的我和右臂出血且命令你'用毒针'的我也不是同一个人。"

可能性只有一个。

"我和你都各有两个。"

这妙计让克劳斯感到佩服。

对方完全控制住了莉莉。

敌人伪装成克劳斯，让莉莉看到他右臂的伤，吓得莉莉发出惊叫声。随后敌人便设下让莉莉用毒针的陷阱："给右臂缠上绷带，等再见到我的时候用毒针刺我。"骗过莉莉后，此人一副满怀信心的样子离开了莉莉所在的地方，然后伪装成莉莉，与克劳斯进行接触。

这一系列行动算计得天衣无缝，再加上超乎寻常的伪装技术——能做到这两点的人，克劳斯只知道一个。

"和我计划的一样……"

克劳斯听到一个斯文的声音。

他转过头去。

只见他身后站着另一个莉莉，她擦掉右臂上的血液，脸上露出微笑。

"老大对陷阱很敏感，能敏锐地发现恶意和杀气……"

她应该是看到了早上的那一幕吧。

当时克劳斯察觉到门把手上的陷阱,然后拔掉了毒针。
"所以我操纵莉莉同学,让她把善意的毒针刺到老大身上。"
那个莉莉把手伸向自己的脸。

"代号'爱女',笑叹人生的时刻到了。"

报上自己的名字后,她用左手撕掉那张莉莉的"脸"。
隐藏在面具下的是一名红发少女——伪装专家,格蕾特。

◇ ◇ ◇

在特工世界中,伪装是司空见惯的手段。
所有特工都会掌握伪装成某个虚构人物的技术。假发、墨镜、化妆品——只要巧用这些工具,伪装成某个虚构人物并不是一件难事。
不过,要伪装成另一个真实的人就是另一回事了,难度会提升到一个更高的级别。
特工要准备树脂制成的能覆盖整张面孔的面具,然后给面具上色,调整形状。
要想伪装成真实存在的人,特工需要卓越的观察力。
对一流特工来说,完美地模仿别人的模样、举止和声音也是很难的技术。

可是召集"灯"的成员时,克劳斯听说在特工学校有一名少女拥有超群的伪装技术,却总是发挥不出实力。

◇◇◇

不对吧……怎么想，她也充分发挥出实力了啊。

格蕾特的实际情况和情报之间的差异让克劳斯十分困惑。

克劳斯并没有对格蕾特进行过什么特别指导。他不知道她以前到底遇到了什么困难，看来不是她自己解决了问题，就是她以前的教官没有识别人才的能力。

"总算把老大逼入了绝境……"

格蕾特开心地微笑着，手里拿着假发和撕破的面具。

克劳斯每次见识她的伪装技术都会感到惊讶。

刚才她完全就是莉莉，她完美地重现了莉莉的外貌、声音和举止。

克劳斯之所以没有看穿格蕾特的伪装，不光是因为格蕾特伪装技术高超，还因为她身上的伤。

那滴血滴落得太触目惊心了。

那应该是真正的血，克劳斯闻到铁锈的气味，格蕾特或许是用了输血用的血包。克劳斯看到同伴负伤流血，要说自己一点都不慌，那是假的。他的弱点已经被格蕾特看穿了。

"……"

克劳斯继续装得十分不甘心，然后用十分自然的动作向莉莉的衣服伸出手。如果莉莉事先告诉他的情报是真的，她的衣服里应该藏着解毒剂。

"她没有解毒剂。"从克劳斯的背后传来一个冷冷的声音，"我已经偷到手了。"

巷子里走出另一名少女。

她是"灯"的成员——白发少女吉维娅。

她说得没错,莉莉身上已经没有解毒剂了。

紧接着,其他少女也现身了。她们手里拿着武器,站成一圈包围了克劳斯。小队的八名少女集中在小巷中,刚才消失在主路上的脚步声,恐怕也是其他少女伪装出来的。

"格蕾特的计划就是完美啊。"

"小爷我也觉得很棒!"

少女们纷纷称赞格蕾特。

看到少女们的样子,莉莉吃了一惊。

"咦?我怎么什么都没有听说?"

"要是事先告诉莉莉……情报会泄露给老大的。"

"确实有道理,我无法反驳!"

莉莉轻轻扶着克劳斯,让他坐在地上。

克劳斯坐在石阶上,少女们站成一圈围住他。她们脸上露出胜利者得意的笑容,就像正等着这个时刻一样。

"呵呵。"格蕾特也开心地微笑着说,"倒在地上的老大也很有魅力啊……要是躺在我的膝盖上,那画面一定很好看……"

克劳斯摇摇头,说道:"没想到你还有如此嗜虐的一面。"

"我推测老大有受虐倾向……"

"我说的'袭击'不是那个意思。"

"老大把自己逼得太过了……"格蕾特说道,"要是老大的状态正常,一定能看出受伤的莉莉同学是我伪装的……"

"……"

"自从三个月前失去'焰'后,老大做的已经太多了。老大选出'灯'的成员,不惜牺牲自己的休息时间,命令我们袭击老大进行训练,之后完成'不可能任务'。完成'不可能任务'

后，老大为了还不合格的我们放弃了假期，一直在不停工作。"

"好像确实是这样。"

"老大上一次休息是什么时候？十天前吗？不会是一百天前吧？"

少女的气场让克劳斯无法隐瞒。

她们不知道，在失去"焰"前，克劳斯一直在单独执行特别任务，如果把那些日子也算上，他已经很长时间没休息过了。

"是四百六十五天前。"

"哇……"

几名少女同时发出惊呼。

在十五个多月里，克劳斯一直没有休息，不是在执行任务就是在训练。

"你是不是傻啊？"吉维娅吐槽道。

格蕾特叹了一口气。

"太乱来了……如果是普通人，早就吐血倒下了。"

格蕾特说完后，其他少女也接着说了几句意思相近的话。

"你应该更信赖我们。"

"你就放心休息吧。"

看来，她们也对现状产生了疑问。

为了表现自己的实力，她们才向他展示了一番团队合作和技术。

"……"

克劳斯不知道该怎么回答。

"请不要什么都由自己担着……"格蕾特微笑着说道，"现在老大身边有我们……请依靠我们吧。"

格蕾特缓缓从怀里掏出一把小巧的自动手枪。

"来,宣布'投降'吧……"

咔嗒。格蕾特拉动枪栓,把枪顶在克劳斯的额头上。

"还有,从今晚开始就请躺在我的胸口上睡吧。"

她脸上带着充满爱意的笑容。

眼神就像女神一样温和平静。

克劳斯举起双手,表示他不打算抵抗。

"我明白你们的想法。"

格蕾特笑着说:"好的……"

"确实,我已经很疲惫了,'不可能任务'完成后,我一天都没有休息,特别是这两周,我一直在执行任务,任务中间还要指导你们训练。就算是我,体力也不是无穷无尽的。现在我恐怕就处于筋疲力尽的状态。"

"是的,所以……"

"不过,我先问问——"

克劳斯说道:

"这游戏我要陪你们玩到什么时候?"

"咦……"

克劳斯面向路面倒下去。

他在躲开枪口的同时,伸腿扫向格蕾特的脚。

格蕾特没来得及对他那迅速的动作做出反应。她本来就不是擅长格斗的特工,当她保持住平衡的时候,形势已经逆转。

克劳斯已经使出贯手抵住了她的喉头。

"好极了。"

只要格蕾特稍微动一下,指甲就会割开她的颈动脉。

克劳斯用手指碰碰她那纤细的脖子,好让她明白这一点。

其他少女都愣住了。

"没有敌意的毒针,非常好。我要称赞你们能想到这一点。"

克劳斯身上的毒已经失效。

在他把对话拖长的这段时间中,他的身体已经恢复了。

"对不起……"莉莉很愧疚地嘟囔道,"毒针没能完全刺进去,只蹭到了一点,虽然让老师中了微量的毒,但针没能到达血管……"

她没有理由被指责,因为她什么都不知道,只是被利用了。

格蕾特瞪大眼睛,愣在原地。

"老大为什么能躲开……"她惊得嘴都不利索了,"你不可能察觉到莉莉同学的攻击才对……"

"我察觉到了。"

克劳斯把手指从她的脖子上移开。

"你说得没错,一流特工对恶意和敌意很敏感,善意的攻击毫无疑问是有效的。不过,事先出现那么多疑点,我当然会警惕起来。"

"老大猜到了?"

"你们的清场做得太明显了。"

克劳斯轻轻弹了一下格蕾特的手腕,她手中的枪便掉落了。克劳斯拿起手枪,在手里随意地转了一圈。

其他少女似乎也不打算扑上来,她们应该也明白,面对身体还能活动自如的克劳斯,她们就算扑上来也没有胜算。

"要说为什么能发现,我只能说是凭感觉。不过,要列举疑点,那就太多了。"

克劳斯继续解说下去:

第一章 伪装

"流着血的莉莉在小巷中央,那个位置非常惹眼,而且她脚下有一摊血,说明她已经在那里待了很长时间。小巷里除我之外没有其他人,民众和警察都把枪声当成了汽车爆胎的声音,没有人到小巷里来。要说是偶然,也太巧了。尽管我不知道对方的目的到底是什么,却知道开枪的意图就是给能分辨枪声与爆胎声的人设置陷阱。"

当时离得很远的克劳斯也听到了枪声。

警察和勇敢的民众看到那辆爆胎的车就会停下脚步,但只有受过特殊训练的特工会继续向前走,然后发现负伤的莉莉。

在听到枪声的时候,克劳斯已经明白了敌人的目标是他。

当然,这些只是他事后回想起来才想明白的,当时只是直觉在告诉他该怎样做。

"察觉到那么露骨的诱导,自然会警觉起来。"克劳斯明确地说道,"今天和我战斗的那名特工也是这样。"

两家邻居同时出门旅行让那名帝国特工起疑了。这次清场做得不够专业,当时克劳斯为同志工作落实不到位感到无奈,现在才发现小队中的成员也犯了同样的错误。

犯了同样错误的少女们惊讶地张着嘴。

克劳斯看了看每个少女。

"如果我把今天的任务交给你们,你们已经被干掉了。"

少女们都不好意思地移开了视线。

最后,克劳斯转向格蕾特。她没有把脸转开,但神情中也没有了刚才的自信。

"你们都有极好的才能,这些才能迟早是会绽放的。不过以现状来说,你们的实力还不够。"

克劳斯最后说道:"我无法依靠你们。"

说完，他留下少女们，快步走出了小巷。

这天晚上，克劳斯在自己的房间里叹气。

——带那些家伙去执行任务，还为时尚早啊……

从她们今天的袭击看来，克劳斯只能这样认为。

——就算有些勉强，我也得独自一人去执行任务。

他觉得这才是更合理的选择。

看来就算非常困难，他也只能单枪匹马挑战"尸"了。

——组建一支新团队还真不是一件容易的事……

克劳斯再次体会到了这一点。

一天即将结束，可是克劳斯还剩下大量的工作要做，而这些工作中还包括只有他这个世界最强特工才能完成的任务。

他已经感觉到疲劳，可是如果他不鞭策自己，就会有其他同志为此丧命。

——问题堆积如山啊……

高难度任务一个接着一个。

现在他的下属们还说不上能安全地完成高难度任务。

而他自己的疲劳正在不断累积。

"不可能任务"——暗杀杀手的任务还在等着他。

他本来就不认为组建团队是一件容易事，但组建起来才发现他还是想得太简单。

他只能摸着石头过河了。

他现在已经没有能指导自己的师父和老大，还失去了他尊敬的同伴。

他不光要做教官，还要做一流特工，他该怎样做才能履行这两方面的职责呢？

——"焰"的同伴们已经不在，就算我粉身碎骨，也得保证那些家伙……

克劳斯想着这些，不知不觉闭上了眼睛。

克劳斯想着想着，打起了盹。

他的身体离开了一直靠着的椅背。

上一次在床以外的地方睡着是什么时候的事？他觉得自己就像回到了少年时代。那时他在训练后，经常躺在大厅的沙发上打盹。

克劳斯发现自己又在下意识地寻求过去的幻影，便摇了摇头。自负地认为自己是世界最强特工的男人，居然是一个这么没出息的家伙，这样的玩笑并不好笑。

花草的柔和香气把他从回忆中拉回来。

"格蕾特？"

"我给老大送茶来……"

克劳斯看到格蕾特正端着放茶壶的托盘站在办公桌旁。

"为了让老大能睡个好觉，我准备了花草茶，没想到反而把老大吵醒了……"

"没事，没关系，我只是打个盹而已。"

"谢谢老大白天陪我们训练……我们刚刚开完反省会……"

格蕾特开始麻利地把茶倒进茶杯里。

——你怎么不趁我打盹的时候发动袭击呢？

看来她有她的原则，花草茶里似乎也没有下毒。

格蕾特把茶递给克劳斯后，张开双臂。

"来吧……最后和我来个拥抱就十全十美——"

"大可不必。"

克劳斯只是心怀感激地喝起茶来。

格蕾特非常遗憾地盯着克劳斯。当然,克劳斯没有理会。

"你还真是执着啊。"

他甚至称赞了一句。

经过白天的那次失败后,克劳斯本以为格蕾特会放弃进攻,没想到她还在坚持。喝一口茶后,克劳斯才发现自己已经渴了,格蕾特把茶端来的时间掐得非常准。

"我决定不绕弯子,直接问了。"

克劳斯觉得应该问清楚。

"你是喜欢上我了吗?"

"啊!"

格蕾特的肩膀颤抖了一下。

一直端在手里的托盘差点就掉在地上,她手忙脚乱地接住了它。

"真、真不愧是老大……"格蕾特瞪大眼睛,"真亏你能发现啊……"

"你本来有隐瞒的意思吗?"

"……"

沉默一会儿后,格蕾特嘟囔道:

"和我计划的一样……"

"少骗人。"

他可以若无其事地这么说,但必须认真对待这件事。

特工的恋爱是很复杂的问题,有些特工会把自己的恋情放在比任务更优先的位置,而且有时恋情也会成为特工的弱点。

要是克劳斯总装作不知道，这件事一定会以意料之外的方式出问题的。

克劳斯认为他应该把自己的看法坦率地告诉格蕾特。

"格蕾特，我无法回应你的——"

"不用……"格蕾特的声音颤抖着，"现在就回答……"

她强行打断克劳斯的话，摇了摇头说：

"这件事……我还没有做好心理准备。"

"这件事还是尽早说清楚为好。"

"可是……"

听到格蕾特那细若蚊蚋的声音，克劳斯觉得过意不去。

虽说格蕾特是特工，但毕竟还是十八岁的少女，他或许不该太粗暴地介入她的内心世界。

"抱歉，那还是另找机会吧。"

"非常感谢……"

"不过，公私不分不是什么好事，这一点我要提醒你。明天开始不用再给我端茶倒水了，你不是我的仆人。不用管我，努力训练吧。"

格蕾特好像很不乐意，抿住了嘴。

克劳斯也想谨慎对待格蕾特的恋爱问题，可现在他太忙了。

他肩负着身为教官和特工的担子，无法再承受男人的职责。

"我明白……"过了一会儿，格蕾特点点头，"不过，请你至少收下这份报告书……"

"报告书？"

"是老大今天的任务报告书……"

格蕾特把收在身上的文件夹交给克劳斯，文件夹里封着几张纸。

"我也觉得这样做有点越俎代庖，可是老大也说不擅长做这方面的工作……"

"你替我写了啊……"

"是的……我观察老大执行任务，觉得哪怕把我能写的部分写出来也好。"

克劳斯看看文件，发现他执行任务的过程被详细记录下来。

他没有受到监视的感觉，想必格蕾特是在很远的地方用望远镜观察他吧。或许她是不想妨碍他执行任务。

"我只能说你果然厉害啊。太贴心了。"

"想对我撒娇吗？"

"这个问题我就当没听到，不过我要对你道谢，谢谢你。"

格蕾特礼貌地鞠个躬。

克劳斯觉得应该鞠躬的是他才对，但她的性格就是这样。

她收拾好克劳斯已经用过的茶杯，准备离开房间。

对下属的关心表示感谢后，克劳斯转向办公桌。休息片刻后，他的精力恢复了。他正打算开始工作，为与"尸"的战斗做准备，这时——

"不对，等一下。"

克劳斯叫住格蕾特。

他觉得不对劲。

那诡异的感觉让克劳斯敏锐的直觉敲响警钟。

他觉得自己漏了什么，他的理性硬是找出了他漏掉的部分。

"如果是这样，你是什么时候制订这次计划的？"

正打算离开房间的格蕾特歪着头问道：

"老大说的什么时候是指……"

"太快了。"

克劳斯诧异地看着格蕾特。

"我没有告诉别人今天要去执行任务，你应该没有时间制订计划。"

少女们没有为这次袭击做准备的时间。

克劳斯是心血来潮让莉莉上车的，而且他没有把任务的内容告诉莉莉。虽说还有需要改进的地方，可是少女们确实以格蕾特为中心，通过团队合作操纵莉莉完成了作战。

光是制订计划并完成这次袭击就很值得称赞了，但实际上格蕾特同时还做了其他工作吧。

格蕾特把手指搭在嘴边。

"是这样的……我发现装在莉莉同学身上的发信器开始移动，就预测了老大和她可能会去的地方，然后乘上火车，花了些时间来掌握情况……"

格蕾特一边小声沉吟，一边回想着当时发生的一系列事情。

过了一会儿，她说出答案：

"两秒……这就是我制订出这次计划的时间……"

好短。

他认为格蕾特不像在撒谎。考虑到移动到克劳斯他们去的城市、发现克劳斯和莉莉的位置以及清场的时间，格蕾特确实没有时间制订计划。

他大吃一惊。

当然，换成克劳斯，他能在相同的时间里制订出质量更高的计划。可是，他毕竟是自称世界最强的优秀特工。

克劳斯认为格蕾特的头脑已经超过了绝大多数特工。

这名少女两个月前在特工学校里还是差生。

这么快的成长速度，用天生的才能是解释不通的。

"这没有什么好夸奖的……"

格蕾特摇摇头。

"我事先做过成千上百种模拟，只是从中选出一种来尝试而已……只要每天都和老大斗智斗勇，就能制订出质量更高的计划。每晚我都在思考攻略老大的办法，积累好点子，这次只是根据情况从积累的点子中选出一个……"

"你竟然做到这种程度……"

"我喜欢的人不顾身体健康，也要独自执行任务，不肯依靠我。我无法帮他的忙，还要他来陪我训练……"格蕾特泪眼婆娑地说道，"一想到自己只能成为喜欢的人的负担，我就难受得不得了……"

克劳斯说不出话，凝视着格蕾特。

莫非她重复制订几千次计划就是为了让自己能急速成长？

她居然对他有这么深的感情？

克劳斯不理解。

为什么格蕾特对他有这么深的感情呢？

就算凭借敏锐的直觉，他也无法得出答案。

不过，现在应该优先其他的事。

"……"

克劳斯只迟疑片刻便做出了决定。

他看到了一线光明，找到了打破困局的办法。

既然这样，他觉得自己应该先从解除她的误会开始。

"格蕾特。"克劳斯向格蕾特说道，"我没有把你当成负担。"

"啊？"

"我甚至很感谢你。失去'焰',我心里像被生生挖出一个空洞,是你们填补了这个空洞。其实我比谁都希望'灯'能存续下去。"

格蕾特的眉毛扬了起来。

"原来是这样吗？"

"是啊,也正因为如此,我慎重过头,甚至称得上胆怯。"

别人一定会嘲笑他胆小吧。

他很重视"灯",所以害怕失去她们。

可是,即使害怕,他也必须踏出这一步,光是害怕,什么都得不到。

"暗杀杀手——这就是我们的下一个任务。"

"啊？"格蕾特睁大眼睛。

"格蕾特,能帮帮我吗？我需要你。"

克劳斯必须赌一把,把赌注下在她的聪颖和爱上。

小队要迈上下一个台阶,格蕾特坚定的决心是必不可少的。

格蕾特深深吸了一口气。

"莫非老大这话是……"

"怎么？"

"求婚吗？"

"不是。"

克劳斯觉得绷着的神经一下子放松了。

他不知道格蕾特是怎么理解才得出这种答案的,或许他还是应该把他的想法明确告诉她。

"我开玩笑的……"克劳斯还没开口,格蕾特先微微一笑,"老大,我一点都没指望这段恋情能开花结果……我不期盼爱有回报……不过，我的回答是肯定的。"

格雷特的语调温柔又诚恳：

"我很乐意。只要是为了你，还有你组建的团队。"

她的眼神中没有迟疑。

克劳斯不知道格雷特的爱源自何处，不过他能说的只有一句话。

"好极了。"

克劳斯说完，格雷特轻声回答道：

"和我计划的一样……"

总而言之，他觉得自己总算发现了新的可能性。

这次"不可能任务"的难度超过上一次——克劳斯已经想好了完成这次任务的方法。

"我要选拔四名小队成员。"

"选拔？"

"没错，很遗憾，这次任务我无法把八个人都带去。"

克劳斯点了点头，说：

"我要带上现在'灯'中最强的四名成员挑战暗杀杀手的任务。"

第二章　收买

克劳斯说要选拔四名小队成员。

少女们很快就知道了他的决定。

不光是格蕾特,其他少女也对现状感到不解。

现在"灯"的所有事务都由克劳斯一个人承担。

老大独揽命令权是理所当然的,可是,如果任务也是由克劳斯一个人完成,那就是另一码事了。更何况他除了要写报告和承担行政工作之外,还要负责指导少女们,不断更新着让人觉得难以置信的连续无休记录。

对一个团队来说,这样的状态太不合理了。

不过,克劳斯的意图很明确——让她们集中精力训练。

可是,这会让她们觉得自己很无能,若要改变这样的状态,办法只有一个:

她们只能让自己成长起来,成长到克劳斯能依靠的水平。

明白这一点后,她们更加努力地进行训练。她们觉得有些对不住克劳斯,但还是趁他疲劳时发动袭击。克劳斯不在的时候,她们就安排肌肉训练等基础内容,有时候也把同伴当成目标对手进行练习。

就这样,少女们终于迎来了她们的任务——

"选出四个人……当然,剩下的四个人就要负责看家了。"

莉莉有气无力地抱怨着。

她戴着护目镜坐在桌前，手边是各种古怪的器具和大量卷烟。她把卷烟中的烟草拆出来，通过反复沸煮，提炼出尼古丁，还捣碎各种虫子和植物，提取出毒素，和其他东西调和在一起。

莉莉平时总显得缺根筋，但在制作毒物的时候绝对不会犯错。她可以一边说话，一边麻利精准地操作各种器具。

"好吧，要说合理，其实也很合理。"

回答莉莉的是一名白发少女——吉维娅。

这名少女总是冷冷的。

她的目光像刀锋一样锐利，身材让人联想到野兽。吉维娅和莉莉一样也是十七岁，经常和莉莉一起行动。

她正坐在莉莉的床上练习开锁，手里拿着开锁工具，身边放着几十把挂锁。她一把接一把地打开身边的锁。

"那家伙不放心把任务交给我们，可是继续这样下去，他迟早有一天会撑不住的。这样想来，决定只带最优秀的四个人去也是理所当然的。"

"是啊，要说没问题，其实也没问题。"莉莉嘟囔着。

"要说合理，其实也合理。"吉维娅附和道。

"可是，有点那个啊……"

"就是，有点那个啊……"

两人一起说出她们的担心：

"小队里恐怕会闹矛盾啊……"

"灯"的八名少女一直互帮互助，所有人平等地承担工作，各自发挥才能进行训练和执行任务，从来没有不平等的时候。

可是这一次，克劳斯说要选拔四个人。

"好吧，我早就想到会有这样的一天。我们已经一起度过了两个月，更优秀的人自然会渐渐显露出来。"

"顺便问一下，你觉得谁会被带去？"

"当然是以我这个美少女队长莉莉为首——"

"说正经的呢？"

"肯定会有莫妮卡啊……"

莉莉说的是那位高傲的银灰发少女莫妮卡。

要从八名少女中挑出最优秀的人，首先想到的肯定是莫妮卡。莫妮卡在演技、智商、格斗、射击等方面的水平都是一流的。她说自己"在特工学校是故意放水的"，在尽是差生的"灯"中是一个特例。毫无疑问，她的实力仅次于克劳斯。

不仅如此，莫妮卡和莉莉、吉维娅一样，也是执行组的一员。

"话说，我们肯定会落选啊！"

"就是啊！"

听到莉莉悲痛的叫喊，吉维娅也表示赞同。

"灯"有三个小组：情报组负责整理情报、制订计划、指挥作战，执行组负责执行情报组的命令，特殊组负责使用特殊的技能辅助其他两个小组。

执行组里有小队中的绝对王牌，莉莉和吉维娅被选中的可能性很低。

"噢，差不多到时间了，我们回头再说。"

"嗯，轮到我们做饭了。"

两人结束对话，走出房间。今天轮到莉莉和吉维娅为所有人准备晚饭。

来到厨房的时候，她们看到棕发少女正穿着围裙。

"咦，这不是萨拉吗？你怎么在厨房？"

"啊，学姐们今天值日啊？"

棕发少女萨拉露出友善的笑容。

她留着一头如同小动物毛发般蓬松的鬈发，还有一双看上去很怯懦的眼睛。刚来到这里的时候，她总是好像随时会哭出来一样，最近已经好了一点。周围的人都觉得她很胆小，是一个会激起别人保护欲的女孩子。她还很年幼，只有十五岁，这或许也是原因之一。

萨拉不是今天的值日生，手里却握着菜刀。

"老师叫我帮他做点吃的，他现在正忙着和格蕾特学姐开作战会议呢。"

萨拉把所有同伴都称为"学姐"，这是因为她进入特工学校的时间比其他人都晚。

莉莉有点意外地嘟囔道：

"咦，老师居然会拜托别人准备饭菜……"

这很少见。

克劳斯从来不让少女们帮他做家务。他公私分明，只把少女们当成特工团队中的下属，在生活上和她们互不干涉。看来他实在太忙了，忙得连自己的这条原则都打破了。

"……"

莉莉和吉维娅看看彼此，然后同时点点头。

"好机会！我去拿毒来！"

"真是一点都不犹豫啊！"萨拉叫道。

"我去拿用来捆绑的钢丝绳。"

"各司其职？"

看到莉莉和吉维娅开始制订袭击老师的计划，萨拉拼命拦着，可两人一点停下的意思都没有，从各自的房间里取来武器。

两名少女的想法是统一的。

——这或许是她们最后被选中的机会。

"问题是，我们三个人怎么下毒啊？"

"我在不知不觉中也成了同伙……"

萨拉露出无奈的表情。她知道抗拒也是白搭，眼神中带上听天由命的意味。

三名少女站在厨房中，把食材摆在面前。

"总结以往失败的教训，"莉莉用手指摆弄着一个装着麻痹毒药的小瓶，"我们在红茶和饭菜里下毒的时候，老师碰都没碰过。要不要试试在餐具上涂毒？"

演戏对克劳斯来说是没用的，他对陷阱也很敏感。如果不能打乱他的步调，分散他的注意力，他肯定不会把被下了毒的菜肴吃下去。

"老师真是一个怪物。"萨拉也犯愁。

"把毒掺进桌上的香辛料瓶里，让他自己倒在食物上。"

"把菜做得辣一点，在水里下毒。"

"给莉莉的那份菜下毒，然后由莉莉喂他吃。"

少女们后来又提出几种方案，可是没有哪种方案能让人眼前一亮。

少女们正烦恼，吉维娅好像很诧异似的歪头说道：

"嗯？我怎么觉得有最简单的办法啊？"

萨拉十分期待地问道："啊，是什么办法？"

吉维娅好像理所当然般说道：

"不是要在菜里下毒吗？既然这样，那做出好吃的菜不就行了吗？"

"……"

萨拉眨了眨眼睛。

"嗯？"

随后，她把求助的视线投向莉莉。

看来，她还没有掌握吉维娅的特征。

"萨拉。"莉莉开始解释，"有件事我一直瞒着你们，其实我是很马虎的。打个比方，在笔试的时候，所有题目我都能写出正确答案，但是都填错了答题栏，最后得了零分。我就是这种类型的人。"

"是的。"

"而这位白发姑娘，就是认真答题最后也会得零分的类型。"

莉莉用手指着吉维娅给萨拉介绍。

吉维娅踹了莉莉的屁股一脚。

"你这是什么比喻啊？"

"这是最合适的比喻啊！我要说明吉维娅有多傻！"

"你不也是零分！"

"那也比没有一点智慧、只知道硬来的人强！"

莉莉使出浑身的力气喊道。

尽管在莉莉那耀眼的傻劲下显得有些黯淡无光，但其实吉维娅在这方面也是一员猛将。

她的思维方式总是直来直去，爱拼力气，正面突破。

得知演戏对克劳斯无效后，她就让一无所知的同伴突击自爆。发现克劳斯不怕硬碰硬后，不管是睡觉还是休息，她都不停地发动袭击。不管碰到什么问题，都想用最简单的办法解决，这就是吉维娅。

吉维娅也不肯认输，说道：

"不要说废话，听我说作战计划。首先做出非常美味的菜品，必须是前所未有的佳肴。我们的目标肯定会放松警惕，然后我们用下了毒的红茶干掉他——这是最好的办法吧。"

"唔，确实，如果能做到，是很理想。"

莉莉沉吟着。

听吉维娅这么一说，莉莉觉得这也不是什么不靠谱的计划。

"可是要怎么做？用嘴巴说当然容易。"

"我有准备。"吉维娅满怀信心地说道，"我曾经看到过他做午饭，觉得可能会派上用场，就把他的做法全记下来了。"

吉维娅拿出一张纸。

纸上详细记载了需要哪些食材、放多少香辛料以及不同工序花费的时间。

"那家伙做菜的手艺也是天才级的，还是只为他自己而做的菜。只要按照这张纸做，一定能做出最棒的菜。"

"噢，原来如此。"

听到吉维娅满怀信心地说出这话，莉莉也开始觉得她的作战计划很不错。

莉莉确实想不出其他好办法，不如试一试吉维娅的点子吧。

就这样，她们达成共识了。

"来吧！我们来做一道能让他失去理性的最棒的菜！"

"噢！"在吉维娅的号召下，莉莉和萨拉一同响应。

她们不断尝试着。

重现克劳斯的菜不是一件简单的事。克劳斯做菜都是估摸着来，调料的多少只能相信吉维娅观察得出的数字。

负责做菜的是萨拉，她是餐厅主厨的女儿。吉维娅回忆着克劳斯做饭的情景，给萨拉打下手。"试吃工作就交给我吧！"两人相信莉莉这句充满自信的话，把几次试制出的菜交给她。莉莉把菜全吃光，然后又说："再来！"萨拉和吉维娅都觉得她简直是欲望的化身。

两小时后，她们总算做出了能让自己满意的菜。

这道菜是包菜卷。

"这次的计划很完美。"

莉莉马上到其他少女那里去宣传。

"要是失败了，吉维娅就光着屁股跳舞。"

其他少女都表示怀疑，不过在莉莉擅自替吉维娅许下承诺后，她们都加入了行动。少女们各自藏好武器，来到餐厅，她们打算在克劳斯中毒后再发动袭击。

少女们都在餐桌旁坐好，莉莉她们叫来克劳斯，请他享用她们满怀信心做出的菜肴。

"好极了。"

克劳斯对她们的菜大加赞赏，表情也比平时更放松。

"拜托你们为我下厨，真是不好意思啊。谢谢你们，这道菜棒极了。"

"对吧？"

吉维娅得意地微笑起来。

"还有呢，你尽管吃吧。莉莉，你顺便泡点茶吧。"

走到吉维娅身后时，莉莉露出坏笑。不出所料，克劳斯大意了，他说不定会毫无防备地喝下有毒的红茶。

八名少女等待着向克劳斯发动袭击的时机。

"好是好，"克劳斯顺着吉维娅的话说下去，"不过，要是说还有什么奢求……"

说到这里，克劳斯站起来，走向餐厅旁边的厨房。

厨房里还剩下一些包菜卷。克劳斯把香辛料撒在用来浇在包菜卷上的奶油浓汤中，然后搅拌起来。随后，他把奶油浓汤浇在分装在八个盘子里的包菜卷上，最后按顺序撒香辛料，倒入醋和油。

"如果能有这样的味道就更好了。"

克劳斯把盘子摆在少女们面前。

"……"

少女们产生了不好的预感。

她们倒吸一口凉气，抓起勺子，怯生生地切开包菜卷，舀起一块送进嘴里……然后她们立刻失去了理智。

等她们回过神来的时候，克劳斯已经不在餐厅里了。

少女们忘了袭击克劳斯的计划，狼吞虎咽地吃着包菜卷，用面包擦干净留在盘子里的最后一滴奶油浓汤。她们心满意足，一边想着她们好像忘了什么事，一边喝起餐后红茶，然后所有人身体麻痹，倒在地板上。

她们彻底输了。

除吉维娅、莉莉、萨拉之外，其他成员早就预料到了这个结果，她们颤颤巍巍地回到了自己的寝室。

"就等着看你光屁股跳舞了。"有几个人对吉维娅说，可是吉维娅不知道她们在说什么。

其他少女离开餐厅后，莉莉重重地叹了一口气。

"没想到在端上毒茶前就失败了……"

吉维娅和萨拉也点点头。

"可恶！我本以为完美地再现了他的菜。"

"看来有根本上的区别，我有种身体'高兴'起来的感觉。"

她们不得不承认，就算只比厨艺，她们也远远不及克劳斯。

克劳斯会用他的厨艺进行特工活动，比如装成贵族的私人厨师潜入某处，或者用他的菜款待并迷惑异性。

看来他所谓的世界最强并不只是说说而已。

她们现在明白他为什么不依靠她们了。

"好吧，别惦记这次的任务了。"

"是啊……"

吉维娅叹着气说出她的看法，莉莉也表示同意。

这次任务她们恐怕无法参加了，毕竟"灯"中有好几名比她们更优秀的成员。

萨拉也若有所思，有点落寞地点着头。

正当餐厅被压抑的氛围笼罩时，莉莉开口道：

"不过嘛……这种时候应该换个角度来想。"

"你怎么一脸得意的表情？"

"虽然我们会落选，但落选者也有落选者的使命啊。如果落选者总是垂头丧气，团队会怎样呢？"

"大家说话都会很小心……气氛会变得沉重。"

"要避免出现这种情况，只有一个办法，那就是落选者开心地为入选者庆祝。"

"噢!"吉维娅惊呼一声,恍然大悟地拍手。

"对啊,从长远的角度来考虑,落选者确实要扮演很重要的角色啊。"

"就是就是。"莉莉笑道。

自己入选当然是最好的,但既然会落选,就要转变思维方式。她们当然不希望破坏和同伴之间的信赖关系。

"那、那个……"

就在这时,萨拉怯生生地举起手。

"请问……我可以帮忙吗?说实话,我不觉得我会入选。"

莉莉和吉维娅都没有否定。

萨拉的特工基本功比其他少女差一些,这也是没办法的事,毕竟她在特工学校学习的时间最短。和她同在特殊组的埃尔娜与安妮特虽然有些古怪,但都是优秀的人才。

莉莉和吉维娅虽然没有说出口,但也察觉到了这一点。

"当然。"吉维娅开心地笑着说道,"我们三个一起为她们庆祝吧。"

决定要做什么后,气氛自然变得活跃起来。

吉维娅从沙发上站起来,拍拍自己的脸,说道:

"好!不继续发愁了!"

"就是啊!我们开始干吧!"

"既然这样,那我们先为莫妮卡庆祝如何?那家伙肯定会入选吧?"

"我也赞成!我们提前为莫妮卡学姐庆祝一下吧。"

"好的!我们给她做一杯大大的芭菲吧!"

莉莉、吉维娅、萨拉就这样达成共识,开开心心地做起了芭菲。

她们三人都亲身体会过特工世界的残酷。小队里有八名少女，自然有能力差异，不可能所有人的实力都一样。而特工世界没有那么好混，人们不可能对实力差距视而不见。

她们已经在特工学校里受尽歧视了。

不过，这点事不会让她们灰心丧气。

因为她们明白：虽然成员水平不一，但"灯"是一个整体！

她们好像要证明这一点，做了一杯特大芭菲，上面有水果和巧克力，还有堆得像小山一样的奶油。

最后，三人把草莓切成心形，一块一块放了上去。

充满爱的芭菲做好后，她们蹑手蹑脚地走进莫妮卡的房间。

"我们来给莫妮卡庆祝啦！"

三人一起冲进莫妮卡的房间。

就算落选也没关系，她们想看到同伴大显身手，希望莫妮卡能吃掉她们为她做的特制芭菲。

说出真诚的愿望后，三人分别送上自己对莫妮卡的祝福：

"莫妮卡肯定会入选的。"

"你要把我那份活儿也干了啊。"

"我会给莫妮卡学姐助威的。"

得到祝福的莫妮卡似乎对此也很受用。

她们觉得自己没有白费功夫。

正当三人满怀成就感走出房间的时候，她们发现克劳斯正站在走廊上。

"啊，对了，我正在找你们。"克劳斯淡然地说，"你们收拾一下行李。莉莉、萨拉、吉维娅，你们和格蕾特四个人明天去坐火车。"

第二章 收买

"啊……"

"执行任务的时间到了。"

三人惊得张大了嘴。

看来克劳斯选了她们去执行任务，但她们第一时间不是为这个事实感到惊讶，而是想到另一件事。

"请、请问，莫妮卡不在其中吗？"

"嗯？我计划让她待命。"

克劳斯平静地说着。

她们送给莫妮卡惊喜芭菲是为了避免任务的选拔破坏了队内团结……

"……"

结果，队内团结被破坏得一塌糊涂。

◇ ◇ ◇

莫妮卡揪住吉维娅的衣领。

"你是在挑衅本人？刚才的芭菲是什么意思？故意挑衅？萨拉肯定没有恶意，是你们拉着她来的吧？问题在于你们两个！被小队里的两大傻瓜当猴耍，你们好歹考虑下本人的感受吧？喂！"

莫妮卡对吉维娅发了火后，吉维娅冲向克劳斯的房间。

"你给我出来！"

"气势好足啊。"

吉维娅没有敲门就闯进了房间。

克劳斯似乎并不在意突如其来的闯入者，好像早就习惯了一般，平静地坐在书桌前写东西。

吉维娅大步走向克劳斯,吼道:

"你也太会选时候了!开什么玩笑?"

"这次我可什么错都没有吧。"

克劳斯很少说出这么有道理的话。

吉维娅干咳几声,让自己冷静下来。刚才她没控制住情绪,又像平时那样吼起来了。

"我说……我可以问个问题吗?"

"什么问题?"

"真的要选我们去执行任务吗?"

"你不满意吗?"

"不、不是,我当然非常乐意。不过,我想问问你是怎么看的。"

吉维娅把怒气压下去后,嘴角忍不住上扬。

虽然吉维娅经常吐槽克劳斯做的事,但她对他是尊敬的。他是她见过的实力最强的优秀特工,得到他的认可,她怎么可能不高兴呢?

正因如此,吉维娅更想知道他是怎么想的。

吉维娅、莉莉、萨拉都不算是少女中特别优秀的,克劳斯为什么选她们呢?

"你说得对,那我就告诉你实话吧。"

"好啊。"

"我现在心里只有不安。"

"好过分啊!"

吉维娅忍不住喊起来。

克劳斯抬起头,用笔尖指着吉维娅的右臂。

"你右臂的骨折怎么样了?"

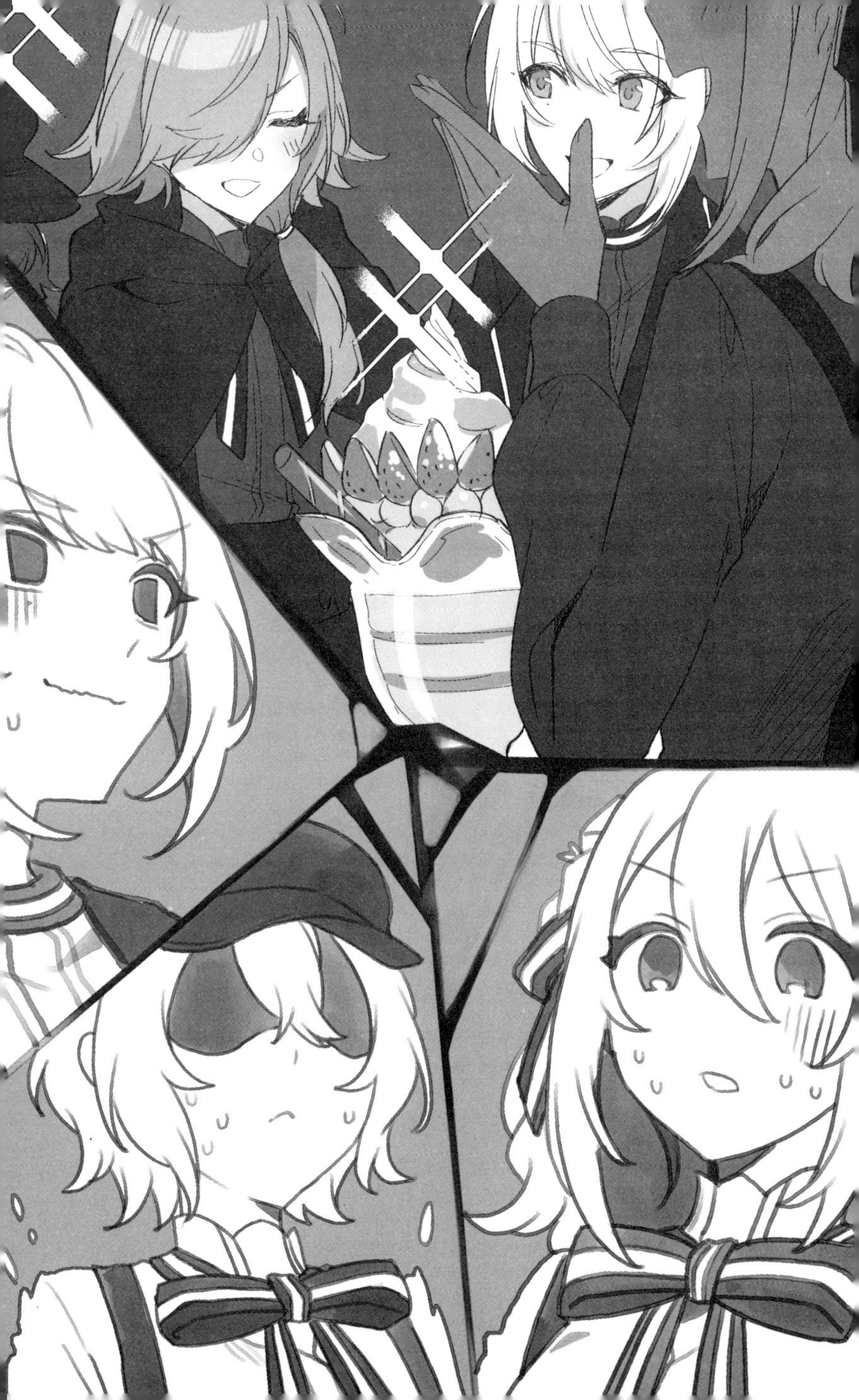

"啊，这个……"

"还没有痊愈吧？你应该连一半的实力都无法发挥出来。"

果然被他看穿了。

吉维娅的右臂在上一次"不可能任务"中出现骨折。

她被那个怪物一样的男人踢了一脚。就她的水平而言，是接不住强悍高手使出的全力一击的，仅是这一下，她就丧失了战斗能力。

从那时到现在已经过了一个月，她的骨折已经快好了，只是还没痊愈。

"你既然知道，为什么选我？"

"选你们自然有我的道理，但我现在还不能说出来。"

"我姑且问问，你该不会是凭感觉选的，所以无法解释吧？"

"……"

"居然被我说中了啊！"

吉维娅如此吐槽，但她还是觉得克劳斯在开玩笑。

特工不能把任务的详情全说出来。知道太多是很危险的，而且还有泄露情报的风险。吉维娅其实也明白这一点，她只是无法马上接受。

克劳斯叹了一口气，交叠手臂。

"我可以先透露一部分。至少我选择你有明确的目的。"

"目的？"

"你把工资全额匿名捐赠给了孤儿院，对吧？"

"喂，你怎么知道啊？"

吉维娅冒出冷汗。

完成"不可能任务"这件赌命的工作后，吉维娅的账户收到了数额不小的报酬。她一分都没有动，全部捐赠给了孤儿院。

她没有把这件事告诉过任何人。

"看到那么大一笔钱一下子从你的账户转出去,上头怀疑你是双重特工,不过我已经向上头解释过了。"

看来,上头怀疑吉维娅在向可疑组织提供资金援助。

"之所以选择你,就是和这件事有关,我很希望你能去……"

说到这里,克劳斯顿了顿。

克劳斯看看吉维娅的手臂,又看看她的脸,叹了一口气。

"确实,你右臂的伤没好,如果状态不好,不参加也可以。"

看来克劳斯是纠结了一番后才选择她们的,他的话语中充满了不安。

吉维娅慌忙摆手。

"等一下,我不是不想参加。我只是觉得你爱瞎担心,想确认一下而已。"

克劳斯沉默地凝视着吉维娅。

"你这个人平时胆子很大,可是只要是和同伴有关的事,就会突然变得很慎重啊。"

"看来是这样的。"

吉维娅已经摸清克劳斯的性格了。

只有他自己行动的时候,他会非常大胆。他自称世界最强,不管做什么事都满怀信心,可是一旦遇到需要依赖同伴的事,他就会变得犹豫不决。

当然,她已经明白他为什么会这样,想必是过去失去同伴的事给他造成了心理阴影。

"不用担心,我就是来告诉你这个的。能被选中,我高兴得不得了。"

吉维娅向克劳斯伸出拳头。

"我其实很感谢你从特工学校里把我挖掘出来,我会加倍回报你对我的期待。格蕾特那么努力,我也不能输给她。"

在特工学校的时候,吉维娅也是一个倒霉的人。作为特工的她是有野心的,而且从来不吝惜努力,只是总遭遇不幸,被逼到即将选择放弃的境地。

要不是克劳斯让她加入"灯",她已经退学了。

克劳斯闭上眼睛,抱着手臂。

"好极了。"

吉维娅也不知道克劳斯到底有没有听明白她想表达什么,只见他用力地点点头。

"你在小队中比其他人都善良,但考虑事情总是不够周全。"

"后半句是多余的。"

吉维娅瞪着克劳斯。

"好吧。"克劳斯睁开眼睛,轻声说,"那么,为了让我放心,能请你接受一项训练吗?我们来对练几下。"

"对练?不是,你不是知道我的右臂……"

"我只用一根手指。"

"啊?"

克劳斯一脸从容地竖起食指。

吉维娅耸耸肩。她很清楚克劳斯很强,可是再怎么强,只用一根手指恐怕不是她的对手。

"喂喂……你这也太小看我了吧?"

"既然你这么有自信,要是你输了,就请你穿上女仆装吧。"

"啊?怎么突然说到女仆装?"

"害怕了?那你也可以用武器。"

这句话充满了挑衅的意味。

吉维娅仿佛听到脑子里有什么东西爆开了。

"求之不得!要是我输了,你让我穿什么都行!"

"好极了。"克劳斯站起来,微微眯起眼睛,"我就偶尔使出真本事和你对练一次。"

两秒钟后,他们的对练便分出了胜负。

◇ ◇ ◇

"你们就是新来的女仆吧!"

一名二十五六岁的女子叉着腰站在吉维娅、格蕾特、莉莉面前,她的脸上带着爽朗的笑容,让人觉得她很擅长干力气活。长长的金发扎在脑后,随着她的动作像马尾一样甩来甩去。

她穿着一件黑色的连衣裙,围着一条洁白的围裙。

她的名字是奥利维娅,自称是这里的女仆长。

奥利维娅拿起少女们递过来的简历。

"趁宗教学校放假出来打工啊。居然还有在这个时候放假的学校啊。好吧,既然你们有政治家老师的推荐,我就不怀疑你们的身份了。"说完,她有点诧异地挠着头,"请问,这位白发姑娘为什么瞪着女仆的工作服?"

"没什么……"

吉维娅到现在还没能接受现实。

她们每人分到了一套女仆工作服,是一件不起眼的黑色连衣裙和一条方便做家务的白色围裙,用于区分宅邸里的住户和仆人。这是上流阶层宅邸女仆的传统服饰,从中世纪流传至今。

"……"

吉维娅拥有一头短发和一双犀利的眼睛——比起可爱的女

孩子，她的外貌更像是一个假小子。她本人也很清楚这一点，所以她一般会选择穿裤子。要让她做主的话，她连平时学校的校服裙子都想撕碎。

——我迟早有一天得把那家伙揍一顿……

对吉维娅来说，女仆工作服是一种未知的服装。

◇ ◇ ◇

时间回到一周前——

出发前一天，四名少女来到阳炎宫的大厅中。

"爱女"格蕾特，红发，十八岁，来自情报组。
"花园"莉莉，银发，十七岁，来自执行组。
"百鬼"吉维娅，白发，十七岁，来自执行组。
"草原"萨拉，棕发，十五岁，来自特殊组。

这四个人就是这次选出的少女。
她们坐在沙发上，围着克劳斯。

"我们的目的是铲除被称为'尸'的杀手。"克劳斯站着开始说明，"根据同志用生命换来的情报，我们可以预测杀手接下来要暗杀的目标。我们将潜伏在暗杀目标周围，找出'尸'。"

这次任务的目标是杀手。

这不是什么让人欢呼雀跃的任务，执行任务的时候，他们很有可能与敌人展开厮杀。

说明结束后，莉莉慢慢举起手。

"老师，我有问题。这次的任务应该是在国内吧？"

"是的，怎么了？"

"我早就想问这个问题了，老师是不是偶尔会在国内执行任务？为什么潜入国外的特工会在国内活动？"

其他少女也点点头。

其实她们还没有听克劳斯好好解释过。

"好吧……我和你们好好说一说吧。"

克劳斯一边在黑板上写字，一边解说，他的字很丑。

"对外情报室有两个科室：第一科负责防谍，主要工作是对付潜入国内的外国特工；第二科负责谍报，主要工作是潜入国外进行特工活动。"

一般来说，第一科的工作人员统称为秘密警察，第二科的工作人员统称为特工。

"这么说来，'灯'做的是第二科的工作吧。"

"不，两科都有。"

"都有？"

"只要有需要，不管国外的任务还是国内的任务，都要承担，其他小队没能完成的任务也要接手完成——这就是'焰'的工作，也是其后继者'灯'的工作。"

格蕾特把手指搭在嘴边。

"这么说来，主要就是完成'不可能任务'啊……"

"不可能任务"——同志失败过的任务统称为"不可能任务"。任务只要失败过一次，难度就会大幅提升。"不可能任务"的死亡率超过九成，成功率还不到一成。

萨拉歪着头问道：

"咦？可是我在特工学校学过'不要触碰"不可能任务"'。"

"其实这句名言还有后半句，只是大多数人都不知道。"克劳斯说道，"不要触碰'不可能任务'，那是'焰'的工作。"

少女们倒吸一口凉气。

她们为"焰"和"灯"承担着这么重大的责任而惊讶，同时也明白了另一点——在特工的世界中，肯定会有不管多么艰巨也要挑战的任务。

所谓的死亡率九成，大概是"焰"之外的小队挑战"不可能任务"的数据吧。

"我们是一支不得了的小队的后继者啊。"

莉莉低声说出了少女们的心声。

总之，严格来说，她们接下来的任务不在特工活动的范畴之内。不过，这个任务也是情报机关的职责，属于"影之战争"的一环，是"灯"需要承担的工作。

"言归正传。"克劳斯点了点头，"格蕾特、莉莉、吉维娅，我要请你们去接触某个人物。此人是国会上议院的议员，你们要在其宅邸负责保护他，隐瞒身份潜伏起来，揪出我们的敌人。"

此人名叫乌韦，是他们这次要保护的对象。

少女们听到命令后点点头。

"我和萨拉会在宅邸外部支援你们。"

萨拉面带怯懦地点点头。

"我们出发吧，大家要一起活着回来。"

这句话说完后，特工们站了起来。

◇◇◇

格蕾特已经完成了对潜伏地点的事先调查。

他们要保护的目标叫乌韦·阿佩尔，是代代从政的阿佩尔家族现在的当家。此人是现役上议院议员、国民卫生部的副部长，是所谓的激进左派人士。他身为上流阶层，却毫不留情地批判获得既得利益的富裕阶层，推进改善贫困阶层生活的工作。据说他现在正为社会保障相关的预算东奔西走。

他的经历中没有见不得人的事情，他身为议员的儿子，却在年轻时去服兵役，可见有强烈的爱国心。此人相当优秀，想必在敌国看来，是必须铲除的政治家之一。被"尸"暗杀的都是和乌韦有相同志向的政治家。

乌韦的宅邸孤零零地建在离首都很远的深山里，位置非常糟糕。"灯"的成员们坐了一小时巴士，又从巴士站出发走了一小时，才到达乌韦的宅邸。

这座宅邸的特征就是房子本身十分豪华，住的人却很少。宅邸里有将近三十个房间，居住者只有乌韦本人、他的妻子和母亲、私人秘书以及女仆长五个人。这座宅邸中需要几名女仆，其实不是为了主人，而是为了招待频繁来到宅邸的客人。听说上一任女仆是因事故去世的。

吉维娅她们一边回想着事先得到的情报，一边在空房间中换衣服。

——好吧，要潜伏在上流阶层的宅邸中，女仆确实是最合适的……

吉维娅早就做好了心理准备，可还是有点犹豫。

她正走神，旁边的莉莉坏笑着说道：

"呵呵，莫非吉维娅是那种对围裙和连衣裙有抗拒心理的女生？我看你也不像会喜欢可爱的衣……好痛！"

"吵死了，你再笑话我，我就揍你。"

"你这不是已经揍了吗?"

两人攥着彼此的拳头互不相让,旁边的格蕾特已经麻利地穿好了女仆工作服。

"不过话说回来……这座宅子真奇怪啊。"

"嗯?"

"东西太少了……照理说,世袭议员的宅邸陈设应该更奢华啊。"

她说得没错。这座宅邸只有待客室中挂着画,而在客人不会涉足的走廊中,一件奢华的艺术品也没有,墙上还有因修缮不到位而出现的裂缝。

"是吗?你知道得真详细啊。"吉维娅赞叹起来。

"其实……我是政治家庭出身。"

吉维娅还是第一次听说。

她一直觉得格蕾特的言谈举止很有教养,没想到她居然是政治家的女儿。

"说不定……这里的主人是一个性情乖僻的人。"

"好,明白了。看来现在不是因为工作服打退堂鼓的时候。"

吉维娅脱掉宗教学校的校服,三两下就换上了女仆工作服。

格蕾特似乎满怀斗志,既然这样,她也不能泄气。

"接下来我会打起精神。我们从第一天开始就全力以赴吧。"

少女们带着充满自信的笑容,开始了这次的任务。

一天结束的时候,奥利维娅站在走廊里,惊讶地张着嘴。

"啊,这是怎么回事……"

"惊愕"——现在用这个词形容她的表情最合适。

她瞪大眼睛愣住了。她像铜像一样僵在走廊里,过了好几秒都迈不开步子。又过了一会儿,她才相信自己看到的就是现实,点了点头。

奥利维娅笑着对在走廊里站成一排的新女仆们说道:

"你们好厉害啊!这才一天,宅子就变得这么干净!"

看到宅邸完全变样,奥利维娅高兴得拍起手来。

从上一任女仆出事身亡到少女们来到宅邸的一个月里,一直是奥利维娅在管理这座巨大的宅邸。她光是做菜和洗洗涮涮都忙不过来,自然顾不上打扫整个宅邸。房间里落满灰尘,窗帘和地毯也散发着霉味。

这样的宅邸现在已经大变样。

累积的灰尘被掸尽,窗帘都洗好了,地毯也打扫得很干净。

少女们完美地完成了女仆的工作。

"哪里哪里,过奖过奖——"

莉莉嘴上谦虚,但毫不掩饰得意的表情。

少女们在特工学校里学会了做全套家务,她们要做的只是根据该打扫的位置选择合适的方法。比起她们平时训练的难度,打扫卫生对她们来说轻而易举。莉莉虽然马虎,但有另外两人在一旁提醒,也没有出问题。

"现在的年轻人好厉害啊,这样看来,你们应该能应付乌韦先生。"

"说起来,我们还没见到乌韦先生啊。"

"今天乌韦先生会在外地旅馆过夜,明天才回来。我不是吓唬你们,你们最好做好心理准备。他这个人有点粗鲁,可能是以前留下的习惯。"

正如格蕾特的分析,乌韦是一个性情乖僻的人,看来她们最好不要惹得他闹脾气。要是还没找到"尸"就先被乌韦解雇,那就太丢人了。

少女们怀着成就感回到自己的房间。宅邸中有许多空房，所以每个少女都有自己单独的寝室。

吉维娅来到莉莉的房间中，两人一起呼出一口气。

"看来潜入成功了。"

就在这时，她们听到窗外有响动。

"可以进来。"听到这句话后，克劳斯从窗户跳入房中。

仆人的房间在一楼，对克劳斯来说，溜进来易如反掌。

莉莉的房间不大，同时进来三个人显得有些狭窄，但这也是没办法的事。她们有点担心这么多人聚在这里，屋外会听到房间里的声音，但现在外面没有人的气息。

"情况如何？"

听到克劳斯的问题，吉维娅耸耸肩说道：

"很好。只有一个问题，这套衣服不适合我。"

"放心吧，你穿着很好看。"

"……"

吉维娅的脸开始发烫，但当她发现克劳斯只是随口说说，便不耐烦地向他甩甩手。

"休想骗我。有什么事快说，说完快走。"

克劳斯轻轻点头，说：

"我们开始行动吧。明天乌韦议员就会回到宅邸，你们先确认他的健康状况和交友关系，然后在宅邸里装上窃听器。"

"收到，我们会做好的。"

"顺带一提，我给你们的建议是……"

"我们听格蕾特说就行。"

"我也是会伤心的。"

少女们只好让克劳斯说出他的建议。不出所料，他说了一句"像虔诚的信徒一样尽心尽力"，于是少女们选择无视。

要是每次都把时间花在吐槽克劳斯的建议上，那正事就永远说不完了。

"老师，老师，"莉莉从床上坐起来，看着克劳斯，"被杀手盯上的就是这位乌韦先生吧？既然这样，要不要把我们的真实身份告诉他？这样岂不是更方便——"

"不行。乌韦虽然是一个老练的政治家，但对特工的世界一窍不通，他会把情报泄露给敌人的。"

吉维娅刚听到的时候也觉得莉莉的主意不错，可是克劳斯马上否定了这个建议。

"啊。"莉莉发出失望的呻吟声。

"你们别忘了，'尸'可能已经潜伏在这座宅邸中了。"

听到克劳斯的忠告，少女们紧张起来。

没错，任务已经开始了。

在国内也好，在国外也罢，有一点是不会变的——

她们是"影之战争"的主角，要欺骗到底，潜伏到底。

"我很忙，就交给你们了。你们要像遮住月亮的云朵一样行动。"

克劳斯像是不甘心失败一样，给出了一条没什么参考价值的建议，然后转身打算离开房间。他本来就不想在这里久留。

"啊，等一下。"吉维娅叫住克劳斯。

"怎么了？"

"你去见见格蕾特吧，她就在旁边的房间。"

莉莉听到这话也接茬道："啊，这主意不错，格蕾特肯定会很高兴的。"

"……"

克劳斯面无表情，瞪着她们说：

"你们……莫非支持她的恋情吗？"

"嗯？这还用问吗，我们可是同伴啊。"

吉维娅和莉莉都发现格蕾特对克劳斯有好感。不对，应该说"灯"的所有少女都发现了。格蕾特表现得那么明显，谁会不知道呢？

"这样啊……"克劳斯沉吟。莉莉和吉维娅无法从他的语调中听出他的情感。

克劳斯翻窗出去后，脚步声也消失了，看来他是到隔壁房间去了。

他最后也没告诉她们为什么问那个问题。

"真是的，也不说清楚，光是问个问题就走。"

"老师应该是有什么打算吧。"

她们一向猜不透克劳斯在打什么主意。不过也没关系，他肯定不会做对她们有害的事。她们和克劳斯之间已经建立了相互信赖的关系。

她们要做的就是完成任务。

少女们潜入宅邸后的第二天，当太阳快落山的时候，庭院中传来了老人的怒骂声：

"真是的！那个大混账！为无聊的应酬浪费钱！"

看来这次任务中最重要的人物乌韦回家了。

据她们所知，乌韦已经五十八岁了，可是他的怒骂声中气十足，听起来与年龄并不相符。

第二章　收买

三名少女马上被奥利维娅叫到门厅迎接主人。

乌韦没有雇司机，他是自己开车回来的。把车停在房子旁边后，他下车走向门厅，毫不掩饰脸上的不悦。

"奥利维娅，用不着每次都出来迎接！这是浪费，是浪费！"

乌韦一看就很有威严。他的肩很宽，脊梁笔直，就像一棵松树。毕竟年龄不小了，他的头发已变成银灰色，脸上也有深深的皱纹，可是就连这些都让人感受到莫名的震慑力。

"嗯？"

走到一半，他不知为何诧异地眯起眼睛，停在离少女们还有十米的地方。

"她们是前段时间受推荐过来的女仆。"奥利维娅对乌韦笑着说道。

"哼，我还以为你把妹妹们带来了。这不都是一些乳臭未干的小鬼吗？"

"她们头发的颜色都和我不一样啊。请不要吓唬她们。"

"算了，好吧。总而言之，你们就是新来的女仆吗？"

少女们说出编造的履历，完成了自我介绍。

"奥利维娅，拿过来。"乌韦对奥利维娅抬了抬下巴。奥利维娅叹了一口气，走出门厅。回来的时候，她手上拿着一把步枪。乌韦严肃地接过那把一米长的军用步枪，上好膛。

他这是打算干什么？

少女们看着乌韦手中的步枪，只见他突然瞪大眼睛，用步枪指着少女们。

"你们这些家伙就是杀手吧？"

他突然大吼起来。

吉维娅等人惊得瞪大眼睛，向后退了两步，瘫坐在地上。

乌韦的杀气是真的，少女们感到莫名其妙。

——这家伙是什么情况？

乌韦失望地咂了咂舌头。

"哼……没这么容易露出破绽啊。"

"什、什么？"莉莉惊得眼珠滴溜溜直转。

"最近有两个和我走得很近的政治家同志死于非命，我觉得我的身边也潜伏着杀手，可是总也抓不着狐狸尾巴。要是你们刚才有抵抗的意思，我会毫不犹豫地开枪干掉你们。"

"原来这是为了防身啊……"

"什么防身，我只是想亲手干掉杀手。"

看来这是一位暴脾气的老人。

乌韦还没有把枪放下，要是走火了怎么办？

"不过，作为女仆是否合格就是另一码事了。"乌韦说着，把枪口抬起来，"喂，白发那个，你去做饭，我饿了。"

乌韦好像打算进行一场雇用考试，命令语调格外强硬。

在乌韦的命令下，吉维娅走向厨房。

路上，奥利维娅脸上露出十分过意不去的表情，吉维娅对她露出笑脸，表示自己并不介意。看奥利维娅那样子，这个老人似乎让她非常费心。

——看来这个老头子相当危险啊，不过做个饭没什么难的。

吉维娅没有把乌韦的要求当成什么难题。

她觉得就算自己做不出能让克劳斯神魂颠倒的极品菜肴，但让这个老人满意还是可以的。

她要做的是炖菜，不可能有什么大的差池。而且，昨晚已经做好了清汤。只要把蔬菜和肉放在清汤里一炖，配上面包一起上桌，不管是谁都会说好吃的。

第二章 收买

吉维娅做好菜后,把它端到餐厅。

乌韦把步枪放在桌边,正坐在椅子上等着吃饭。

"请趁热吃吧。"吉维娅说着,把炖菜放在乌韦面前。

清汤的香气飘散在整个房间中。

莉莉的肚子叫了起来。

——这样就没问题了。

吉维娅确信这一点,看着乌韦吃饭。

没想到他吃了一口炖菜后猛地站了起来,椅子向后倒去。

"雇只能做出这种菜的女仆简直是浪费!"

从这天起,少女们便开始了地狱般的女仆生活。

乌韦比奥利维娅说的还蛮不讲理。

若用一句话来形容他的性格,那就是——极度厌恶浪费。

当初她们看到这座奢侈品极少的宅邸时,就应该想到这一点了。

"银发那个!你又在地板上洒这么多去污剂!"

"喂,白发那个!谁让你打扫那种无关紧要的地方!简直是浪费抹布!"

"红发那个!我叫你,你就赶紧过来!不要浪费时间!"

只是因为一点小事,乌韦就会大吼大叫。

只要看到一点不满意的地方,乌韦就会马上破口大骂。去污剂用得过多,抹布用得太多,清洗次数过多,饭菜做得过多,自来水用得过多……不管是什么小事,他都会指责女仆们。在这样的干扰下,她们根本无法正常工作。

乌韦的宅邸经常有客人来访。

他讨厌浪费，作为政治家来说，这是一个优点。

经常有官员和政治家来拜访乌韦，和他商量预算和支出的问题。乌韦负责的是社会福利方面的工作，可是访客来自各种部门，比如总务部、交通部、陆军部，五花八门。乌韦只要看计划书，就能指出哪些预算是多余的，承包商的哪些报价是不合理的。

这倒是无所谓，但访客的迎送、端茶倒水都是女仆的工作。乌韦的访客接连不断，少女们一分钟都不得空闲。

一旦太过忙碌，莉莉就会开始出错。

"你这家伙！你要摔碎多少个茶杯才满意！"

"呀啊啊啊啊！对不起！"

莉莉本来就容易疏忽大意。

原本在她马虎的时候，吉维娅可以提醒她，可是吉维娅现在也是焦头烂额。

"你就不能做一顿可口的饭吗？我要说多少次不要浪费食材，你才明白？"

"……"

她做不出能让乌韦满意的菜。

吉维娅做好菜后，会和同伴一起品尝味道。为配合老人的味觉，她也考虑过把菜做得淡一点。她觉得乌韦可能会有不喜欢的食物，也尝试了用各种食材烹饪，可是乌韦始终对她做的菜不满意。

"这种东西，你吃吧。"乌韦命令道。他不吃吉维娅做的菜，一脸食不下咽的表情嚼着面包。老人总是这样，吉维娅也开始不耐烦了。

在这种时候，最可靠的应该是格蕾特了，但……

"你这家伙对我有什么不满吗?"

乌韦已经好几次表现出了对格蕾特的反感。

"不是……我只是有点不舒服。"

"哼,休想骗我,你是讨厌我吧?"

"怎么会呢……"

"快点下去,你脸上带着这种表情工作简直是浪费时间。"

格蕾特和乌韦的关系很差,乌韦对她总是很冷淡。

不仅如此,格蕾特的女仆演得也不够到位。乌韦说得没错,格蕾特把对他的不满都表现在脸上了。

"你怎么了,格蕾特?这可不像是你会犯的错误。"

吉维娅担心地问道,她只是摇摇头。

"没事……我不能因为这点事就抱怨。"

"嗯?怎么讲?"

"我……和老大之外的男性说话就会胃疼。"

"啊,这是怎么回事?"

格蕾特居然在执行任务的过程中暴露出了弱点。

总而言之,三名少女都被乌韦搞得焦头烂额。

这天晚上,在她们的房间里——

"我说,莉莉。"

"嗯……"

"我们应该是来保护那个老头子的吧。"

"按理说是这样的……"

两人疲惫地瘫倒在床上,连去洗澡的力气都没有。

她们本打算晚上在宅邸中安装窃听器,可已经没有那个力气了。白天她们因为女仆的工作忙得不可开交，到晚上已经累得筋疲力尽，只能躺倒在床上。乌韦的蛮横无理是没有极限的。

两人倒在床上，听到窗子被敲响的声音。

她们拉开窗帘，看到萨拉身穿执行任务的服装站在窗外。她穿着黑色的背带裤，把报童帽压得很低，挡住了她的眼睛。

"辛苦了。"她跳进房间里，"咦？格蕾特学姐呢？"

"她不舒服，在隔壁的房间里躺着呢。"

"啊？她病了吗？"

"不好说啊，要说是病，应该也算病吧。"

和老大以外的男性说了太多话，身体已经承受不住了——面无血色的她是这样说的。

刚开始时的斗志已经不见踪影，现在的她显得有气无力。

吉维娅正在为同伴担心，萨拉取出一件她带来的巨物。

"我总算在山上找到了一座无人小屋。我把帮手送来了。"

"帮手？"莉莉开心地跳起来。

这是她们现在最需要的。

"就是它。"萨拉掀开她带来的东西上的罩子。

罩子下是一个金属鸟笼。

感受到鸟笼中射出的犀利视线，吉维娅和莉莉一起看向笼子里面。

"老鹰？"

鸟笼里是一只个头很大的老鹰。

这只老鹰身强体壮，眼神凶悍。

"信也好，其他东西也好，都可以让它带到我的小屋。这样我也能拜托它把学姐们需要的东西送来。"

老鹰用它那锋利的喙啄了一下鸟笼，好像在表示它同意主

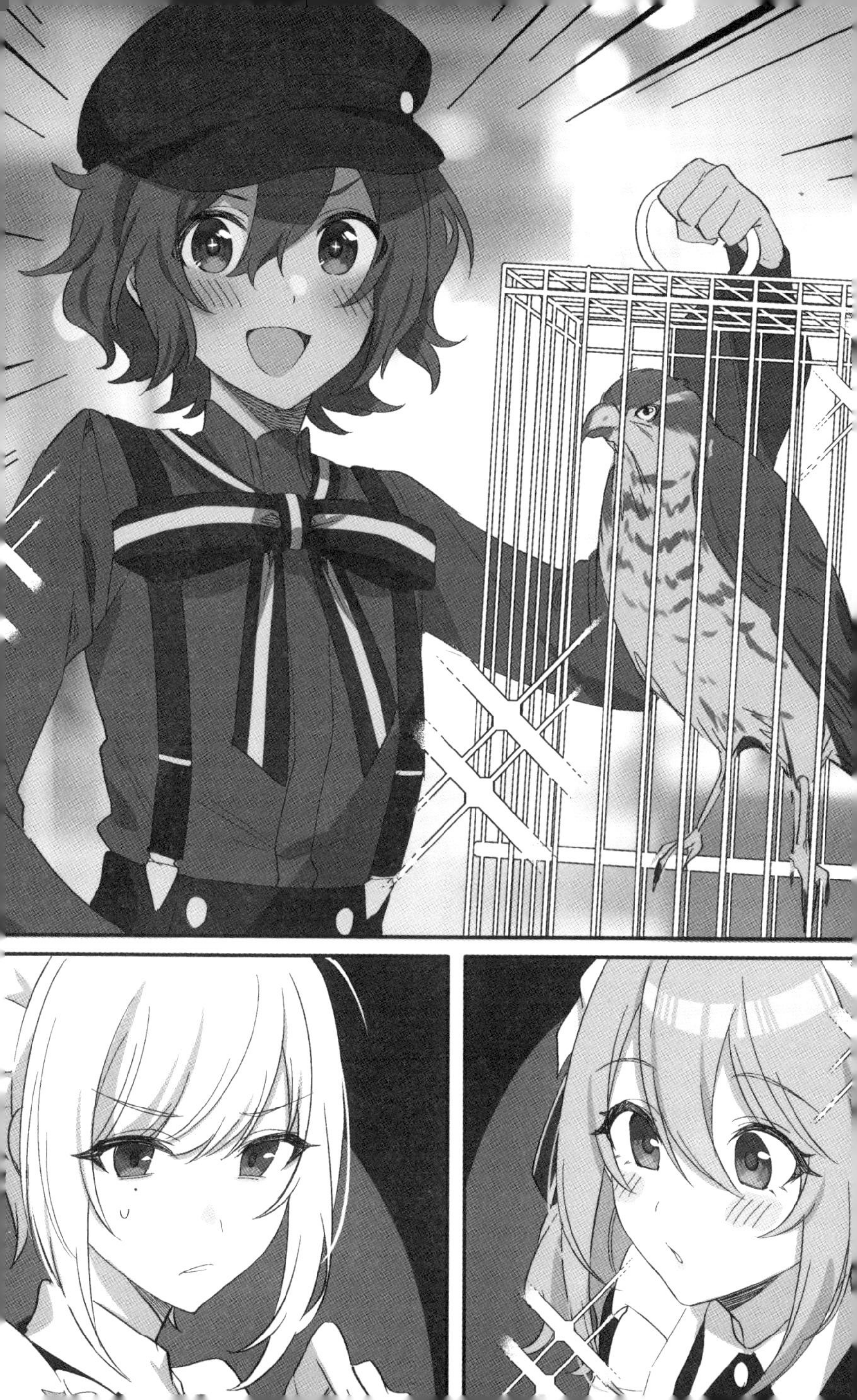

人说的话。

当啷,鸟笼发出声响。

"……"

吉维娅指着老鹰问道:

"这家伙会一直在我的房间里吗?"

"它不叫'这家伙',它叫伯纳德。"

"伯纳德……"

"啊,不过也有一件事要注意。它有特制的鹰饵,要每天给它喂两次,请不要忘了。还要时常叫它的名字,每天早上用刷子帮它梳理羽毛——"

萨拉骄傲地向吉维娅解说。

可能是介绍自己引以为傲的动物让萨拉觉得很开心,她的语速比平时快了一点。

就在萨拉不停地说着的时候,吉维娅打开笼子,让老鹰跳到她的袖子上,然后走向窗子——

"好麻烦!"

她用力把老鹰扔出去。

"伯纳德啊!"

萨拉发出尖叫声。

伯纳德虽然遭到了无情的对待,但毕竟是鸟,双翼一振,便飞向了夜空。如果萨拉说得没错,它应该飞回萨拉发现的小屋去了。

萨拉难过地看着老鹰飞走,吉维娅对她说道:

"我说,我们可是潜伏在这里的,哪里有带着宠物住到主人家里的女仆啊?"

要是别人听到她的房间里传出动物的叫声,马上就会发现里面有宠物。

"啊……我忘了这个。"

"没有对讲机吗？我们总是要用水，最好是能防水且能藏在衣服里的小型对讲机。"

"换作安……安妮特学姐应该可以准备，可现在我……"

安妮特是特殊组的灰桃发少女，与机械相关的事交给她是最好的。

可是，安妮特现在不在这里。萨拉抱歉地低下头。

"啊，抱歉，我不是在责怪你……"

吉维娅连忙摆摆手。

她只是说出自己想到的事，可在现在的情况下显得像在责备萨拉。萨拉好像也马上发现了这一点，但她的表情还是有些阴郁。

"唉……"三人同时叹了一口气。

"怎么这么不顺利？根本顾不上执行任务啊。"

莉莉面带阴郁地说出这句话。

"看、看来还是其他人来做会好一点……"萨拉好像快要哭出来了，"莫妮卡学姐和蒂娅学姐肯定能做得更好……"

"……"

听到萨拉说出其他同伴的名字，吉维娅咬住嘴唇。

萨拉说的是她自己，可是这话也刺痛了吉维娅的心。

就在这时，走廊里传来有人慌慌张张跑过来的脚步声。萨拉赶紧藏到床底下。她刚藏好，奥利维娅便打开了房门。

"怎么了？我刚才怎么好像听到了尖叫声？"

看来，奥利维娅听到了萨拉刚才的叫声。

"啊——"吉维娅挠挠头。

"女仆长，对不起，我看到虫子，吓了一跳。"

"真是的，被虫子吓成这样，太没出息了。"

奥利维娅很不高兴。

吉维娅观察起奥利维娅的打扮。她本以为奥利维娅应该已经换上睡衣，没想到她还穿着工作服，看来她还在工作。

"女仆长在检查门窗有没有关好吗？我替你去吧？"

"嗯，不过还是我去吧，这种工作还不能交给新人来做。"

奥利维娅好像有点客气地推辞着。

吉维娅看出她放松了警惕——

"又有虫子出来了！"吉维娅大叫道。

"呀！"

奥利维娅扑到了吉维娅身上，发出吓人的叫声。

看来奥利维娅很害怕虫子。她扑腾了一会儿双脚后，发现附近没有虫子，才长舒了一口气。

"我、我要去睡觉了！真是的！你们安静一点啊！"

奥利维娅红着脸走出房间。看来她为自己被虫子吓得乱了阵脚而感到很难为情。

莉莉和从床底下钻出来的萨拉都诧异地看着吉维娅。

她们不明白她为什么要吓唬奥利维娅。

吉维娅举起她手中的东西，好像说这就是答案。

"钥匙？"莉莉轻声道。

"我已经偷到手了。"

奥利维娅正在确认门窗有没有锁好，当然会拿着钥匙。

于是，吉维娅把奥利维娅身上的钥匙偷了过来。

吉维娅从她带来的包里掏出一本书。书里有一个洞，洞中藏着手枪，但她不是想拿手枪。她从洞中掏出一块黏土，把钥匙按在黏土上，留下了钥匙的形状。只要马上复制一把钥匙，把真正的钥匙偷偷还回去就行。

"啊，我们不要再说没用的了，直接一点吧？说白了，只要让那个老头老老实实的不就好了？抓住他的把柄就好办了。"

虽然有些强硬，但这就是最简单的办法。

现在她们的潜入工作并不顺利，采取强硬手段也是没办法的事。

"看我溜进去，一下子把问题解决掉。"

吉维娅眼睛中放射出冷冷的光，她吐了吐舌头。

◇ ◇ ◇

第二天晚上，吉维娅开始行动了。

她没有开灯，悄无声息地溜到书房门前，用复制好的钥匙毫不费力地打开了房门。

书房中放着堆积如山的文件。乌韦只雇了一个秘书，所以整理工作还来不及做。书架上放不下的书摞在地板上，书房连落脚的地方都没有。

全部翻一遍，总能找到一两个把柄吧。

吉维娅叼着笔形手电筒，开始快速翻阅与金钱和健康状况有关的文件。就算他本人没有逃税和收受金钱的意思，说不定也会有搞错的时候。或者找出他健康方面的问题，也可以借此来胁迫他。

吉维娅很快便发现了一封信，和乌韦最近的体检有关。可她没有找到最关键的体检结果，可能是没有同时寄来，要不然就是被乌韦扔掉了，但她知道了乌韦是在哪所医院接受体检的。

吉维娅翻阅了一份又一份的文件，她发现了一个熟悉的词——孤儿院。

有一个文件夹的书脊上写着这个词。

吉维娅把任务的事放在一边，打开了这个文件夹。

这似乎不是一份与公事相关的文件，而是乌韦私下编写的报告书。吉维娅看看文件夹里的照片，发现照片拍摄的是世界大战刚结束时的场景，上面是几个骨瘦如柴的孩子。这张照片表明当时的粮食问题很严峻。世界大战刚结束的时候，孩子们分配不到蔬菜和肉，乌韦去了孤儿院分发食物。吉维娅想起来了，没错，她的妹妹们所在的孤儿院也是——

"你在这里干什么？"

吉维娅听到背后传来了怒吼声。

糟了……

她光顾着看文件，放松了警惕。

吉维娅一边后悔自己的失误，一边转过头去，只见一脸怒气的乌韦站在她的身后。他一拳砸向墙上的开关，打开了房间的灯。白炽灯缓缓亮起来，渐渐照亮整个房间。乌韦用手扶着墙，小心翼翼地贴着墙向里走。

墙上挂着一把步枪。

乌韦拿起步枪后，毫不犹豫地把枪口指向吉维娅。

"你这家伙果然是杀手啊！"

"不是，我当然不是！"吉维娅举起双手，表示她不打算抵抗，"那个，我早就想说了，我这样娇滴滴的女仆怎么可能是杀手呢？"

"你的眼神和大恶人一模一样！"

"太过分了吧？"

吉维娅一边吐槽,一边想该如何撒谎熬过这一关。

如果她因为这件事被赶出乌韦的宅邸,那任务失败的可能性就非常高。

可是,在吉维娅开口前,乌韦先诧异地问道:

"嗯?你这家伙对那份资料感兴趣吗?"

他看着吉维娅攥在手中的报告书。

吉维娅只是碰巧拿着报告书举起了双手。

"嗯……是啊。"她顺着乌韦说下去。

"为什么?"

"这个,因为想学习一下——"

"算了……我不问了。"

说到这里,乌韦放下步枪,通红的脸也恢复了正常。

"那只是普通的资料,你想看就看吧。"

"啊?"

乌韦居然这么轻易就饶过了她,她还什么都没有说呢。

"我在遍访孤儿院的时候,听过这样一个故事。"

吉维娅正觉得诧异,乌韦已经坐在椅子上打开了话匣子。

"八年前,有一个非法组织趁战后混乱扩张势力。他们骗取了发给伤亡军人家属的补贴,低价强买寡妇的不动产。这样的乱象现在也有,但当时格外严重。"

乌韦娓娓道来。

他的嗓音有些沙哑,语气像在讲述一个童话故事。

"特别是名叫'食人魔'的组织,他们心狠手辣,在首都无恶不作,甚至杀人取乐。尤其是那个组织的老大,他会消失。他能像幽灵一样从别人的意识中消失,然后在对方毫无防备的情况下把匕首插进对方的心脏。人们都说那个男人是恶魔的后裔，警察和首都民众都对他又恨又怕。"

"……"

"可是，那个老大被逮捕了，'食人魔'组织也树倒猢狲散，知道为什么吗？"

"不知道……"

"那个老大的长女，向警察告密了。"乌韦好像在说自己引以为傲的女儿一样说道，"多了不起啊。九岁的少女为保护弟弟妹妹伸张正义。"

"……"

"那个少女的弟弟妹妹都被孤儿院收养，可是事发后，长女却失踪了。其实她是去赚钱了，真是一个可敬的姑娘。我听说她在首都给侦探干杂活，还谎报年龄到纺织工厂去做工。少女现在已经不知踪影……不过，她留下了一段佳话。"

乌韦讲完后，重重地叹了一口气。

吉维娅耸了耸肩。

"为什么特意把这些事说给我听？"

"我想起来，那个老大的长女是一位冷冷的白发少女。过去这么多年，应该正好长到你这个岁数了。我记得她叫……"

乌韦说出一个名字。

那是一个反映父母价值观的粗俗词语。

"你认错人了……"

"哼，我不会多问的。"

乌韦有点失望地哼了一声，接过吉维娅递过来的报告书，对着灯光看了一会儿，然后舔了舔干巴巴的嘴唇，说道：

"不过，你这家伙应该知道吧？战后孤儿院的环境非常糟糕。国家只能从内陆买到极其有限的粮食，没有多少粮食可以提供给福利机构。我也为福利机构的粮食问题东奔西走，可是政府只顾着优先经济政策和国土开发。"

"是啊，我知道……"

"这个状况现在也没有改变。不管我怎么吼，福利机构也只能得到很少的资源。"

乌韦的声音变小。

"正因为如此，我才能省就省，哪怕多一分钱，也要省出来捐给福利机构。"

"……"

看来这就是乌韦痛恨浪费的原因。

哪怕起不到什么作用，他也要通过日常生活中的节约多挤出一点钱捐给福利机构。乌韦是副部长，按理说能过上相当富裕的生活，可见他的品德非常高尚。

吉维娅也很理解他的心情。

"所以你才命令女仆要节约吗？"

她们误会了乌韦，他并不是一个不讲理的老人。

"我懂了。从明天开始，我也会在工作时尽可能节约……"

"不是，我想说的不是这个意思。"

"嗯？"

"我想说的是，你可以趁着今晚尽情看资料，你擅闯书房的事我也不会追究。"

吉维娅还是不明白。

正当她觉得诧异的时候，乌韦说：

"你们这些家伙明天就要被解雇了。"

"啊？"

吉维娅不禁感到吃惊。

她本以为乌韦是在开玩笑，但他的表情相当认真。

"推荐你们的是一位和我很熟的政治家，我想给他一个面子才雇了你们。可我现在觉得还是不应该浪费，这座宅子里用不着多雇三个女仆，明天下午你们就离开吧。"

吉维娅觉得自己的呼吸要停止了。

没想到乌韦早就下定决心了。

如果她们三人都被解雇，那就无法完成任务了。

"请、请等一下，要是我们走了，这座宅子只会越来越脏。"

"只要客厅干净就足够了，奥利维娅一个人没有问题。"

"等等，这也太极端……"

"我刚才应该说过了，必须避免浪费，不管是多小的浪费也一样。"

乌韦看来不会回心转意。

吉维娅从他的视线中感受到了只靠言语无法改变的决心。

她很不甘心，但也觉得目前只能放弃说服乌韦。

"那么……请回答我一个问题。"吉维娅问道，"你那么讨厌浪费，为什么不卖掉这座豪宅呢？"

乌韦似乎把吉维娅的问题当成揶揄，他皱起眉头。

"这么偏僻的宅子，本来也卖不出好价钱。"

"除此之外，就是为了挡住杀手吗？"

敌人无法扮成普通人混进来，这对特工来说非常不好办。

乌韦用力地点头。

"我现在还不能死……这个国家的社会福利工作还需要我来推进。"

吉维娅撇了撇嘴。

"是吗？这么说来，我们还不能被你解雇啊。"

说完这句话，吉维娅转身背向乌韦，跑出了书房。

时间只剩下不到十二小时。

吉维娅必须在那之前找到避免被解雇的办法。

她这才明白克劳斯为什么选她。

毫无疑问，她有保护乌韦的义务。

◇ ◇ ◇

莉莉和格蕾特正在房间里和老鹰一起玩耍。

"噢——"看着凶猛的老鹰叼着生肉吃的样子，莉莉和格蕾特发出了欢呼声。

上次吉维娅把老鹰丢出去，而萨拉又把它带来了。不怕人的动物给少女们疲惫的心带来一点慰藉。

"这孩子喜欢吃的是……"萨拉在旁边解说。

现在本来是开作战会议的时间，可是吉维娅还没有回来。她们一边等着吉维娅，一边给老鹰梳理羽毛。

就在这时，走廊传来了脚步声。

门打开后，少女们看到紧咬着嘴唇的吉维娅站在门前。她们看不出她是在后悔还是在做什么决定。

"怎么样？有没有偷到什么有价值的情报？"

"没有，我被乌韦先生发现了。"

听到莉莉的问话，吉维娅摇摇头。

"啊！"少女们马上明白了，三人同时向吉维娅低头行礼。

"辛苦你……"

"我还没有被解雇呢！"

少女们认定吉维娅已经被解雇，但她们猜错了。

吉维娅说出来龙去脉后，她们发现自己也不算猜错了。搞不好不只是吉维娅，她们都要被解雇了。

"这可麻烦了。"萨拉说道。

吉维娅点点头，同意萨拉的话，然后压低声音说道：

"还有，我想和你们说说我自己的事。"

"嗯？在这种时候吗？"莉莉歪着头问。

"别废话，听我说吧。其实我以前一直和弟弟妹妹生活在孤儿院里。那家孤儿院非常穷。我就是觉得不服气，想让这个可恶的世界有所改变，才立志成为特工的。从这一点来说，我和乌韦先生的志向有点相似。"

吉维娅好像自嘲一样笑笑。

"所以我现在非常高兴。那家伙……老师是在为我考虑。"

吉维娅低下头，当她重新抬起头来的时候，她的眼眸中有了光芒。

"我不想辜负老师的期望，也想保护好乌韦先生。拜托，请帮帮我吧。"

她用一直以来凛然又强有力的声音说道。

其他少女没能马上理解吉维娅的热情。虽然她们想到可能发生了什么事，但是吉维娅不打算细说，她们也就没有追问。

对她们来说，感受到吉维娅那火一样炽热的决心就足够了。

"哎呀，说什么帮不帮的，这可是任务啊。"莉莉用开玩笑的口吻说道。

"话是这么说没错……"吉维娅显得有些难为情。

"那、那个……"

就在这时，萨拉怯生生地举起手。

"我也很理解吉维娅学姐的心情。我很胆小，干什么都不行，到现在还是觉得或许其他同伴比我更有资格入选。"萨拉顿了顿，继续说下去，"不过被选中的时候，我高兴得不得了。"

可能是吐露心声让她觉得很难为情，她的脸涨得通红。

"哈！"莉莉像胜利者一般笑了一声，"两位真是好单纯啊。我当然早就认定自己会被选中了。有常识的人肯定能想到，这么重要的任务，怎么可能不选队长呢？"

"我当时听到从莉莉学姐的房间里传出了欢呼声。"

"这位证人这么说哦。"

听到吉维娅的追问，莉莉脸上的表情凝固了。

"不，不是……我每天都会像那样欢呼啊。"

"那是什么习惯啊？"

"呵呵。"看着眼前的同伴，格蕾特忍不住笑出来。

"怎么了？"

听到吉维娅的问题，格蕾特开心地说道：

"没什么……我在想，老大肯定是看穿了大家，才选择了各位……"

"你觉得更喜欢他了？"

"不，这和我想象的一样……老大的魅力果然和我想象的一样……"

格蕾特大大方方地称赞她的心上人。

"还有……我也和大家一样，不想辜负老大的期待。"

"就是啊。"

四名少女不约而同地把脑袋凑到一起。

她们紧贴着彼此，围成一个圈，开始小声议论。

"说说吧，要怎样避免被解雇？"莉莉露出坏笑，"要试试胁迫吗？"

"你们怎么看?"

"伪装成奥利维娅小姐……劝乌韦先生继续雇用我们,怎么样……"

"给乌韦先生下毒,危急时刻出手相救,提升他对我们的好感度如何?"

"如果是我,首先会和乌韦先生之外的人交涉。"

听到吉维娅的问题,其他少女马上说出自己的方案。

格蕾特提出周密的计划,莉莉提出粗疏的计划,萨拉提出谨慎的计划。

吉维娅露出雪白的牙笑起来:

"我想做好吃的饭给他吃,让他承认我们是合格的女仆。"

"哇,好卖力。"莉莉拍了一下手,"不过这个主意不错啊,很符合吉维娅的作风。"

少女们自然没有提出反对意见。

四名少女的头贴在一起,她们的嘴角露出笑容。

"好,没想到迎来了一场料理复仇赛啊。而且这次我们有一位军师……"

"耶……"

"啊?怎么突然欢呼起来?"

"我是想配合一下吉维娅高昂的斗志……来'耶'吧……"

"你们不用勉强啦。"

"耶……耶!"

"难道我们平时的言行举止就这么傻里傻气吗?"

进行一番有点傻气的对话后,吉维娅宣布:

"既然被选中了,就得昂首挺胸干好!四个人一起上吧!"

说完,四名少女碰了碰彼此的额头。

◇ ◇ ◇

少女们分成了两个小组。

第二天早上，格蕾特和莉莉来到厨房中。她们把一大早买来的食材摆在面前，双臂交叠。

"我说，现在的状况是做出好吃的菜就能改变的吗？"

这时，莉莉才提出她的疑问。

"这一点我们就相信吉维娅同学吧……"

格蕾特把各种各样的香辛料摆在厨房里，有辣椒、胡椒、粉红胡椒、豆蔻、姜等，种类繁多。

"我们先把食材处理好吧……莉莉同学。"

"好的！品尝味道的工作就交给我吧！"

莉莉挺起胸膛。上一次她们给克劳斯设陷阱的时候，莉莉把所有试做的菜全部吃光，创下了傲人的战绩。她想凭借以往的成绩继续承担品尝味道的工作，可是——

"等等……为什么你要负责品尝味道？"

格蕾特打断她。

"啊？"

"按照菜谱称量材料、研磨、加热、混合、熬制……这应该是擅长调和毒物的莉莉同学的专长吧……"

"……"

"你没有发现吗？莫非上次你也是被食欲冲昏了头脑吗？"

"这个请对吉维娅保密！"

说完这话，莉莉开始处理香辛料。她仔细地把香辛料研磨好，去掉香味较弱的部分，把香辛料炒熟使其变得更香。这毕竟是莉莉擅长的工作，她干得非常麻利。她在用毒的方式上让人有点放不下心，但调和工作本身是做得非常完美的。

格蕾特满意地点点头。

"处理这些香辛料本来得花上两个小时，我们这次只用一半的时间好了。"

"太、太不现实了！"

"只要我来下达指示，就有可能……"

格蕾特没有理会搭档的惊叫声，开始精密的计算。

以秒为单位来预测搭档的动作，对她来说易如反掌。

◇ ◇ ◇

吉维娅和萨拉来到首都近郊。

两人驾驶着借来的摩托车，在平整的公路上疾驰。再不抓紧时间就来不及了，幸运的是，虽然迪恩共和国只是一个小国，但首都周边的道路修得很好，乌韦的宅邸附近就有高速公路。

吉维娅和萨拉来到一座大型设施前。它是迪恩共和国最好的国营医院，由石头砌成的五层楼房像城堡一样矗立在巨大的园区中。

萨拉什么都不知道便被带到这里，惊得瞪大了眼睛。

"咦，就是这里吗？"

"没错，乌韦先生应该就是在这里接受体检的。"吉维娅摘下头盔，"可是我在宅邸中找不到体检结果，所以只能到他体检的医院来了。"

"你想让医院再给一份体检报告吗？"

"嗯，但恐怕不可能。那么做需要出示代理人证明，可是我们没有足够的时间。"

她们的目的是乌韦的体检报告。

吉维娅认为,要想说服乌韦,就必须拿到体检报告。可是想搞到手没那么容易。

萨拉好像没搞明白,抿起嘴唇。吉维娅见状,对她露出坏笑,说道:

"所以我们要从这里偷走。"

"这里可是国营医院啊!"萨拉绷紧了脸。

"嘘!小声点。"

"可、可是这里的安保措施肯定很严!还有很多职员……"

"没事,没事,越大的地方越容易溜进去。只要偷到更衣室的钥匙,从储物柜里偷出护士服,打扮成护士从文件柜里偷出体检报告就行。不难,不难。"

吉维娅微笑着向萨拉摆摆手。

"你看我的信号,让伯纳德从窗口飞进去,只要它制造一点小骚动,我就能趁乱把该做的事完成。"

吉维娅开始热身运动,为行动做准备。

"……"

萨拉一下子哑然了。

"真是的,真拿学姐没办法。"过了一会儿,她好像放弃了抵抗,叹了一口气。

她很无奈,但又觉得吉维娅的计划很有意思。

她把手指含在嘴里,吹了一声哨,鹰从天上飞下来,停在她的旁边。

"不光是制造骚动的时间,还可以告诉我希望伯纳德从什么路径进入医院。"

"太好了。"

吉维娅把她的计划告诉萨拉,做好准备后,用凛然的声音宣布:

"代号'百鬼',掠夺的时刻到了。"

说完,吉维娅走进医院。

萨拉留在外面待命,看不到医院里的情况。

还有,萨拉当然不知道吉维娅的出身,不知道她那超乎寻常的技术是如何磨炼出来的,更不知道她是从多么可怕的人身上继承了天分。

萨拉只知道一件事:

代号"百鬼"的少女是一个盗窃天才。

◇◇◇

当天中午,菜做好了。

在格蕾特的指示下,莉莉做出了她们之前失败过的包菜卷。她们用肝脏等动物内脏代替猪肉,为消除内脏强烈的腥气,她们制作了有足量香辛料的热带风情浓汤来代替奶油浓汤。

莉莉品尝包菜卷,毫无疑问,这次味道非常好。只是喝一口浓汤,香料的香气就会从鼻孔中蹿出来。

她们这次做出的极品包菜卷,任谁都挑不出毛病。

可也有一个问题——最关键的吉维娅还没有回来。

可是……无法继续等下去啊。

莉莉做出决定后,把做好的包菜卷端到餐厅。她们的菜品质没有问题,应该没有人吃了这道菜还会觉得不满。

可是,乌韦在餐厅吃过包菜卷后,出人意料地说道:

"太难吃了!"

"啊?"

"虽然比昨天那个强一点,但这也不是人能吃下去的东西啊!你吃吧!"

乌韦苦着脸把装着包菜卷的盘子推回莉莉面前,只拿起配包菜卷的面包。可即便是面包,乌韦也吃得像嚼蜡一样难受,他的意思似乎是这样就算吃完饭了。

莉莉惊讶地尝了一口推到她面前的包菜卷汤汁。可是,她还是不觉得味道有什么问题,只能是因为这位老人的味觉和正常人完全不同。

乌韦气哼哼地抱着手臂。

"哼,不过也无所谓。反正你们已经全被——"

"不,那道菜的味道应该很好。"

莉莉回过头去,发现气喘吁吁的吉维娅站在门口。看来她是全速冲到餐厅的。

她迈着大步走向坐在餐厅中的乌韦。

"我说,乌韦先生,你最好不要任性,还是把这个吃了为好。"

"你这家伙怎么突然跑出来……"

"我在医院看了你的验血报告。你的红细胞数量比正常值低得多,这是维生素缺乏症的表现啊。"吉维娅说道,"你自己应该也察觉到了吧,你有味觉障碍。"

"什么?你在说什么蠢话?"乌韦红着脸破口大骂,"不要胡说八道!我怎么可能有味觉障碍……"

"谁都觉得好吃的菜,只有一个人说'难吃',那只能怀疑这个人有味觉障碍吧?"吉维娅瞪着乌韦继续说,"世界大战后,你一直省吃俭用,努力节约。昨天的资料里也有照片,为了让分配不到食物的孩子也能吃上饭,你在战争结束后就马上到孤儿院去分发食物。我很尊敬你的精神,但你的做法是不是有点极端了?"

吉维娅似乎很无奈,眯起眼睛说:"你把分配给自己的食物也捐出去了吧?"

"哼,捐了又如何?"

"当然不行,你无法摄取充足的营养,所以出现了味觉障碍。再加上挑食,你的味觉障碍越来越严重,现在你已经无法正常感知食物的味道了。"

莉莉回想起乌韦吃饭的习惯,他总是像在嚼蜡一样吃面包。这样吃饭,营养均衡根本无从谈起。

"莉莉,你告诉我,乌韦先生是怎么评价刚才那道菜的。"

"他说'比昨天那个强一点'。"

"果然啊,有味觉障碍的人比较喜欢加了很多香辛料的菜。"吉维娅露出得意的笑容,"乌韦先生,用不着杀手来杀你。这样吃饭,你会因营养不良而病死的。"

"……"

"你还是继续雇我们吧。你可别说这是'浪费',我们会每天给你做有营养的饭菜,让你的味觉恢复正常,还会做出让你也觉得好吃的菜。"

吉维娅的语气有些粗暴,但话里话外都带着善意。

——做出让你也觉得好吃的菜。

吉维娅的意思不是要做出豪华的饭菜,而是要帮助乌韦恢复正常的味觉。

这就是她爱较劲的风格。乌韦说她们的菜不好吃，那就让他的味觉恢复到觉得她们的菜好吃。

最起码，莉莉不会这样思考问题。

乌韦像是在斟酌吉维娅的话，闭口不言，然后从莉莉那里拿回盛着包菜卷的盘子，舀了一勺浓汤放进嘴里。随后，他又皱起脸，可见他真的无法正常感知食物的味道。

"看来你说的是对的……"

乌韦的这句话像在叹息。

"我当然也有所察觉。果然是这样……我有味觉障碍……"

"你既然知道，为什么不直接告诉医生？"

"可能我不想承认我老……年龄大了吧。"

"恐怕是的。"

"不用绕弯子，直接说我老了不就行了？"

乌韦的嘴角开始上扬。

这是少女们第一次看到乌韦露出友善的笑容。

"可是啊，吉维娅……就算是这样，我也得避免浪费才行。"乌韦说，"不光是孤儿院，在这个国家，很多人每天只能吃到一个面包。在这种情况下，负责迪恩共和国社会福利的我还雇用四个女仆，别人会怎么看？"

"你真是一位高洁的政治家啊……"吉维娅耸了耸肩，"那你就解雇一个好了，这样女仆的工作也还做得过来。"

这大概就是少女们和乌韦之间的平衡点吧。

乌韦有作为政治家的信条，少女们也有身为特工的使命。

听到吉维娅的建议，乌韦缓缓点点头。

就这样，在吉维娅的努力下，两名少女留了下来。

三名少女减少一人，潜伏调查任务仍在继续。

◇◇◇

吉维娅从乌韦的宅邸步行一小时，总算到了一座小城。

她喘了一口气，来到指定的见面地点。

他们约好见面的地方，是小城一角的一家烟草商店。这家商店就像一个脏兮兮的小窝棚，只要店里走进一个客人，除去柜台后店员的位置，整家店就会被占得满满当当。虽然有窗户，但店内被堆得高高的烟盒和饮料瓶挡住，从外面看不到里面是什么样子。

克劳斯坐在柜台后面。

他的脸被报纸挡住了一半。就算是执行国内任务，他也不会放松警惕。

虽说吉维娅她们知道克劳斯在进行某项情报活动，但不清楚他的具体位置和具体行动。

"我已经接到格蕾特的报告了。"克劳斯说道，"你干得非常好，格蕾特也对你赞不绝口。"

"谢谢你。"吉维娅摇了摇头，"可是我被解雇了，对不起啊。"

能继续当女仆的只有格蕾特和莉莉。在必须解雇一名女仆的情况下，吉维娅自告奋勇。虽然有点不情愿，但乌韦还是答应了吉维娅的请求。

"这样啊，不过你对乌韦的收买做得很到位。"

"还好……其实那也不全是我的功劳。"

"是吗？"

"这也是多亏了你给我提示。"

"提示？"克劳斯重复一遍吉维娅的话。

吉维娅点点头，说道：

"我一直觉得奇怪。我当时按照你的做法再现了你做的包菜卷，可你只是稍加调整，就能做出好吃得多的包菜卷。"

那次袭击失败后，吉维娅一直在想这到底是为什么。

他们的制作方法相同，香辛料的用量也相同，那么差别到底在什么地方呢？

吉维娅想到了几种可能性。

"喂，你还记得你在给包菜卷装盘的时候是怎么装的吗？"

"凭感觉装的。"

"你把包菜卷分装在八个盘子里，然后分别加香辛料。"

吉维娅没有漏掉当时的细节。

如果要调整酱汁的味道，只要在酱汁里加香辛料就行，可是克劳斯分别向八个盘子里加了香辛料。

"你是考虑到用餐者的营养状态，调整了醋和香辛料的用量——这就是我的推测。"

当然，这只是吉维娅的猜测。

克劳斯做事凭感觉，就连他自己都不知道到底是怎么做的，或许他只是根据用餐者的口味调整了香辛料的用量。

可是萨拉说过"我有种身体'高兴'起来的感觉"。

考虑用餐者的健康状况，这个想法留在了吉维娅的脑海中。

"好吧，说得再怎么有道理，我也被解雇了。不过，我可是避免了三个人一起被解雇，你可要给我打及格分啊。"

克劳斯沉默了一会儿，吉维娅读不懂他的表情。

她以为或许会受到他的批评，可能会听到他表达失望的话。

这还是吉维娅第一次没能完成克劳斯交给她的工作。

她不知道会听到克劳斯说出什么话,身体自然紧张起来。

"说大话后又把工作搞砸,我道歉。"吉维娅向柜台里探出身体,"不过,接下来我会努力挽回的,我会做辅助工作,使任务成功。"

"等等,"克劳斯开口,"我不知道你在说什么。"

"啊!"

克劳斯的语调冷冷的,让人听不出话中的情感。

他保持着冷冷的语调继续说下去:

"辅助工作有萨拉就足够了,宅邸周边还有我,不需要更多的人了。"

"不是吧……"

吉维娅觉得全身都凉了下来。

她没想到克劳斯会拒绝得这么强硬。

"我知道我现在没资格说这样的话……"吉维娅向柜台里探出身体,"拜托了,请再给我一次机会吧。下次我一定……"

"我想,该问问你了。"

克劳斯跷起二郎腿。

"这游戏我要陪你玩到什么时候?"

"嗯?"吉维娅傻兮兮地发出疑问。

克劳斯用比平时温和的态度指出吉维娅的错误:

"你好像有误会啊。"

他眯起眼睛,用和善的目光看着吉维娅。

"我怎么可能会对优秀的下属失望呢?挽回?你在说什么啊?你没有犯错。做辅助工作?不需要,你应该留在前线。"

克劳斯这样说道：

"好极了——这就是我对你的工作的评价。"

"啊……"

看来克劳斯是在夸奖她。

然而，吉维娅不觉得高兴，只觉得莫名其妙。

"等一下，我不是说了吗？我已经被解雇，无法再回宅邸里了……"

"你能回去，再说了，你还让乌韦欠了你一个人情呢。"

"嗯？人情？"

"因为缺乏维生素导致的味觉障碍——乌韦的健康问题只有这一个吗？"

吉维娅歪了歪头，他还有其他健康问题吗？

她想起来了。第一次见到她们的时候是在傍晚，他在门厅里说了让人觉得奇怪的话。少女们的发色各不相同，他却说她们是奥利维娅的妹妹。还有晚上在书房撞见吉维娅的时候，他在电灯完全亮起来前，走路显得很费劲。

吉维娅马上想到了答案。

"莫非他……有夜盲症？"

"他或许已经有早期症状了。"

夜盲症是天黑下来视力就会大幅度降低的病症，也是因缺乏维生素引起的病症之一。

味觉障碍导致乌韦偏食，而偏食引起了其他病症。在明亮的房间里进行视力检查，医生也不会发现他的夜盲症状。

克劳斯莫非只听报告就察觉到乌韦可能有夜盲症？

不，这就有点玄乎了。他应该在用某种方法观察着乌韦的宅邸。

特工教室 2

"乌韦是自己开车去议会的,但他还是少开车为好。在这样的身体状况下,他肯定不会说雇司机是'浪费'。"克劳斯继续说下去,"快点回到乌韦的宅邸去,对这个团队来说,你的憨直是不可或缺的。"

克劳斯说着,从旁边的架子上拿下一瓶饮料,把瓶盖往柜角上一磕,打开后递给吉维娅。那是一瓶颜色鲜亮的苏打水,似乎是克劳斯给她的奖励。

看到这小小的礼物,吉维娅露出坏笑。

原来克劳斯一直在关注她们的工作。

他虽然没有表现出来,但实际上是认可她们的努力的。

"你果然厉害啊,不愧是我尊敬的上司。"

——所以被你选中,我觉得很高兴。

吉维娅咽下后半句话,接过克劳斯递过来的苏打水。

"谢谢,这个人情我会双倍奉还的。"吉维娅轻描淡写地说完后,笑了笑。

克劳斯眯起眼睛。

两个小时后,吉维娅作为司机兼女仆,重新被乌韦雇用。

◇ ◇ ◇

两周的时间一眨眼便过去了。

"灯"的情报活动进行得很顺利。

"你开车时多余的操作太多了,不能开得稳一点吗?"

"吵死了!再说废话,当心咬到舌头!"

乌韦和吉维娅互不相让,争吵着回到宅邸。

这样的争吵看起来不像发生在主人和女仆之间，更像是猖狂的孙女和顽固的祖父之间的对话。乌韦对礼仪并不在意，看来对他来说，礼仪也在"浪费"的范畴之内。

"话说今天来搭腔的那个家伙是谁啊？好像在看什么稀罕物件一样看着我。"

"他是我的一位老朋友，不是你这家伙需要警惕的人。"

"那就好。"

"你这家伙不要看什么都不顺眼，他只是看我的司机太年轻，有点好奇而已。"

"年轻怎么了，我有'驾照'……是自己做的。"

"咦，你最后说什么？"

自从吉维娅开始担任司机，她们对乌韦交际圈的调查取得了很大进展。不管乌韦到什么地方，吉维娅都会跟着，能一直监视着他，这让少女们心里有底多了。

乌韦的态度也不像一开始那么蛮横了，少女们开始有余力开展特工活动。

宅邸中的居住者自然不用说，一发现频繁出入宅邸的人物，少女们就会对其进行调查。她们窃听洗手间和客厅里发生的对话，有些情况下还会在目标身上装上发信器，让身在宅邸外的萨拉跟踪。

她们的情报活动不断向前推进。

"我跟着乌韦先生跑了一整天，还是没有发现可疑人物。"

吉维娅对正在准备夜宵的莉莉小声说道。

"宅邸里也没有异常，和平倒是好事……"莉莉不紧不慢地回答。

"是啊。"吉维娅表示同意。

一开始吉维娅还对女仆的工作感到十分不满，但现在她发现女仆也是很有意义的工作。乌韦是一位诚实的政治家，正在努力实现自己的理想，虽然有时候会使用强硬的手段，但他做的一切都是为了改善儿童福利。

吉维娅很乐意在潜伏期间为乌韦的政治活动提供帮助。

所以，她不希望杀手找上乌韦。

她希望这样和平的日子越久越好。

可是，她知道这个世界没有那么简单。

突然，她们听到了一声尖叫。

女性的尖叫声是从庭院方向传来的，不是格蕾特，叫喊者年龄更大，可能是奥利维娅。

吉维娅和莉莉同时跑出去。

与此同时，她们听到楼上传来粗重的脚步声。

"奥利维娅！怎么了？"

乌韦喊道，他怀抱着心爱的步枪，穿着睡衣跑了出来。

她们不希望乌韦轻举妄动，但护卫对象就在她们身边，这对她们来说更方便行动。吉维娅和莉莉很自然地站在乌韦两侧，走向庭院。

庭院中，奥利维娅坐在地上。

她面无血色，用手指着对面的天空。

"那……"奥利维娅的声音颤抖着，"那里飞来了子弹……"

吉维娅马上看向奥利维娅所指的地方。

只见奥利维娅指着的地方站着一个人，那个人的手里拿着步枪。

"那是什么……"

吉维娅嘟囔起来。

她看到一块黑斑。

拿着步枪的人戴着兜帽,但满月照亮了那张脸,吉维娅清楚地看到那个人的下半张脸。

那张脸上有一块覆盖了整张嘴的黑斑,或许是烫伤留下的疤痕。那块皮肤变成了可怕的黑色,就像受到诅咒一样。

吉维娅觉得那张脸和死人的一样。

她想起事先得知的情报。

那就是……"尸"?

"好恶心……"奥利维娅忍不住说了这样一句话。

那黑斑会让所有看到的人产生厌恶感。

"吃我一枪!"

就在少女们不知如何是好的时候,乌韦举起步枪还击。

他是一位勇敢的老人。

可他的子弹只击中了"尸"站着的那棵树,之所以没有命中"尸",或许是因为他有夜盲症吧。

"尸"从树上跳向森林,马上融进夜色中,消失不见了。

吉维娅只犹豫了一秒。

"我们去追,乌韦先生和女仆长一起回宅子里报警。"

吉维娅从乌韦手中抢过步枪,和莉莉一起跑向森林。

对于女仆来说,追赶杀手的行动确实过于勇敢了,但她们不想放过这个机会。

就算无法抓住"尸",只要能得到一点线索,就能继续调查下去。

就在吉维娅这样想着，踏进森林一步的时候——

她被钢丝绳绊倒了。她这才回过神来，想向莉莉求助，但莉莉也被绊倒了。

她们中了陷阱，陷阱完美地隐藏于夜色中。

"尸"让两个人同时中了陷阱，这可不是寻常的技术。

吉维娅觉得"尸"好像看穿了她们想干什么。

她们的脚被套住，身体被拽向空中。她们无计可施，就连把藏好的利器从裙子里掏出来的时间都没有。如果现在遭到射击，她们无法躲避。

吉维娅想到了最糟糕的情况。

她听到乌韦和奥利维娅的惊叫声。

她们要死了。

"好极了。"

就在吉维娅感到在劫难逃的时候，那个熟悉的声音传来，然后钢丝绳被切断了。

吉维娅的脚恢复了自由，她一翻身，轻巧地落在地上。莉莉则一屁股摔在她旁边。

"终于行动起来了啊。"

攥着匕首的克劳斯站在她们身前。

他那双黑色的眼睛看着森林深处。

"吉维娅还有莉莉，你们打起精神来，杀手已经行动了。"

他说完这话后，就像没有出现过一样，又消失在黑暗中。

"灯"和"尸"的战斗就要开始了。

第三章　暴露

这是过去发生的事——

为准备"不可能任务"，格蕾特正在接受克劳斯的强化训练。两人分别站在桌子两端，像在下国际象棋一样面对着彼此。他们之间摆的不是国际象棋的棋盘，而是乌韦宅邸的示意图。

"乌韦所在的地方是客厅，时间是十四点。我乔装成送货的人潜入宅邸，口袋里藏着A——"

"既然这样……先让萨拉同学用她的动物确认你身上有没有火器——"

他们是在演习。

他们在脑海中模拟战场。克劳斯扮演杀手，格蕾特要马上回答如何向同伴下达指示。他们像下国际象棋一样轮流说出自己下一步的行动，移动示意图上的棋子。

轮流移动几次棋子后，格蕾特把克劳斯逼入绝境。她已经夺取杀手的武器，把杀手逼进宅邸的一角，她认为这样就没有问题了。

"就在这时，我掏出藏在口袋里的A。"

克劳斯拿出一开始就藏好的字条，字条上写着能让局势发生逆转的道具，想必他从一开始就预料到会走到这一步。

格蕾特叹了一口气。

结果是杀手胜利，代表她同伴的棋子已经全倒下。

"还不错。"克劳斯评价道,"再来一次吧,还能行吗?"

"是的,当然……"

只要改一下设定,他们马上就会开始下一次对局。

他们把棋子重新摆好,格蕾特说:

"要是平时也能像这样训练,老大的负担就会减轻了……"

"不行,模拟和实战不一样。再说,我也无法说清楚细节。"

打个比方,格蕾特说"让吉维娅同学从背后突袭",克劳斯就说"我会像老虎一样反击",简直太不讲理了。

不过,次数越多,就意味着模拟训练的效率越高。

格蕾特能在一夜间积累几十次与克劳斯战斗和败北的经验。

"对了,我问一个问题。"

他们喝着红茶休息,有时会闲聊几句。

格蕾特抢在克劳斯说完前点了点头,说:

"是的……今天我的内裤是——"

"我没有问这个。"

"白色的。"

"不要硬说出来。"

克劳斯无奈地说着。

一位同伴给格蕾特建议,让她尽可能多说和男女有关的话题。格蕾特没有怀疑,忠实地按照建议执行。

"和我想象的一样……"不管结果如何,她先把自己想说的话说出来。

"我本来想问的是更正经的问题啊。"克劳斯按住额头。

"正经?"

"是关于预定婚礼会场的问题吗?"格蕾特原本想这样问,但还是咽了回去。再说下去,说不定克劳斯真的会不耐烦。

克劳斯直勾勾地看着格蕾特。

"你在特工学校为什么无法发挥真实的实力？"

他问的确实是正经的问题。

格蕾特能从他那深邃的双眸中感受到他的认真。

"我从你的教官那里得到了你的情报，当然也包括其他成员的——莉莉太马虎，性格也太奔放，无法融入周围的环境；萨拉对做特工的积极性本来就不高；吉维娅是因为出身的关系，有一段时间言行比较粗暴。"

这三个人都是这次要和格蕾特搭档的同伴。

这些话克劳斯大概只告诉了她。

"可是，格蕾特，唯独你我想不明白。你遇到了什么问题？"

"……"

克劳斯这样问似乎是出于对她的关心。

虽然这不是一个愉快的话题，但是格蕾特的脸上还是自然地露出笑容。

"就算我说了，老大肯定也不会相信的……"

"不，我会相信你说的话。"

"非常感谢……"

克劳斯的话让格蕾特感到安心，只是听到这句话，她的心跳就开始加速。

她双手握住茶杯，说出了她的秘密：

"其实……我很害怕男性。"

她没想到克劳斯花了很长的时间才反应过来。

他没有出声，脸上的肌肉没有一丝运动，眼皮眨也不眨。

他全身的动作都停下了,就像时间停止了一样。

"……"

他们迎来了一段相当长的沉默。

"老大?"格蕾特歪了歪头,"你不是说会相信吗?"

"抱歉,我没听明白你在说什么。"

克劳斯轻描淡写地说出一句很过分的话。

"我面对男性的时候就会觉得胃疼。"

"你在我面前好像一点事也没有啊。"

"老大是例外。"

"怎么还有这么赖皮的设定?"

克劳斯好像对格蕾特的解释并不满意。

他用疑惑的目光看着格蕾特,然后又陷入沉思,过了一会儿才说:"我说了会相信你。"

说完这句听起来像叹息又像认命的话后,克劳斯又喝了一口红茶,摇摇头说道:

"你的感情真是谜团重重啊。"

"是吗……"

对格蕾特来说这很正常,可是对克劳斯来说就很难理解了。

这真是一件奇怪的事。

明明就是克劳斯彻底改变了格蕾特这个人的价值。

不过,比起解释这一点,格蕾特还有更想问的事情。

"那么,我也有个问题想问。"

于是,格蕾特决定换个话题。

"什么问题?"

"老大的手怎么受伤了?"

克劳斯的手上有一条红色的线,平时他根本不可能受这样的伤。

"这个啊。"克劳斯若无其事地低声说道,"白天有个紧急任务,我不小心把手划破了一点。这点小伤很快就会好的。"

"疲劳已经开始让你负伤了……请老大休息吧。"

"不用在意,还有好多必须写的报告没完成呢——"

格蕾特拿起放在桌上的钢笔。

这是克劳斯一直在用的钢笔,格蕾特把双臂收到胸前,把它紧紧攥在怀里。

"老大不休息……我就不把这支钢笔还给你。"

格蕾特凝视着克劳斯。

克劳斯不高兴地皱起眉头,最后还是嘟囔一句"好极了",开始收拾乌韦宅邸的示意图。他的意思是训练到此为止。

"明白,今天我早点睡。那你就……"

"是,我会睡在同一张床上唱摇篮……"

"给我出去。"

"……"

格蕾特的话没来得及说完,就被克劳斯打断了。

"格蕾特,你应该也累了吧,我马上就睡,帮我把灯……"

克劳斯说到这里就停了下来。

格蕾特回过头,发现克劳斯已经倒在了床上。他闭着眼睛,呼吸十分平缓,就像关掉了自己的开关一样,以难以置信的速度切换到睡眠状态。

"好快……"

他这样睡搞不好会感冒,格蕾特慌忙把被子盖在他的身上。

"……"

换作平时,只是有人靠近,克劳斯就会醒过来,可是现在他依然身处梦乡,想必他已经非常疲惫了。这还是格蕾特第一次看到他露出这么大的破绽。

"因为是在我的面前……所以才大意了吗?"

她提出带着愿望的问题,但他没有回答。

她摸了摸他的手,他还是没有醒,看来已经睡熟了。

"老大……是不是也对我撒了娇呢?"

那只手很硬、很温暖,格蕾特感受着克劳斯的手,一直留在他的身旁。

她的心跳变快了。

只是在旁边看着他那安详的睡脸,格蕾特就觉得很幸福,觉得身体像晒着太阳一样暖了起来。

她明白自己不能寻求爱的回报,可还是忍不住想得到什么。

——我一点都没指望这段恋情能开花结果,不过……

格蕾特紧紧攥住那只手。

"不过等我完成任务……回应你的期待时……

"希望你能给我百分之一的爱,这样算太贪婪吗?"

对她来说,那是一段难忘的时光。

◇ ◇ ◇

成功收买乌韦后,情报工作进展迅速。

格蕾特是少女们的指挥中心。

她兼顾女仆的工作,不断向其他少女下达指示。

在格蕾特的指示下,吉维娅像有三头六臂一样大显身手。

"老大下达了指示,'像抚摸深海中的岩石一样打探乌韦的情报'。"

"请说些正常人也能听懂的话。"

"老大的意思应该是让你从乌韦先生那里问出明天宴会参加者的情报。"

"噢。"听到格蕾特的指示,吉维娅马上点点头,冲进书房里。

"我说,乌韦先生,是不是差不多该出发了?"

吉维娅摇着车钥匙,豪爽地向乌韦打招呼。

"这比平时还早一个小时呢。"

听到乌韦的抗议,吉维娅说道:"我看好像要变天了。早点到那边,也可以说说明天的事。"她巧妙地解释着,保持友好的态度。

等重新回到宅邸的时候,她肯定已经达到了目的。

在完成任务的同时,和雇主保持友好的关系。

现在的吉维娅是任务的关键。

莉莉与吉维娅有所不同,不过也以另一种方式大显身手。

得天独厚的姣好容貌,与生俱来的开朗性格,这些让她在乌韦的宅邸里受到每个人的欢迎。虽然她在特工学校学习的时候并不顺利,但她其实是那种犯了错误也能得到别人原谅的人。就算她做些不太自然的事,别人也不会怀疑。

"莉莉同学……我想在宴会上加装一些窃听器,请你分散一下大家的注意力。"

"我就知道你会这样说。我已经打翻了水桶,现在走廊里到处都是水。"

"……"

"莉莉未卜先知的才能觉醒了。"

莉莉得意扬扬地用手比出胜利的手势,随即听到走廊里传来奥利维娅的尖叫声。

"没想到这么快就暴露了!"莉莉含着眼泪跑了出去。

虽然莉莉做事总是过于惹眼,但正因为有她在,其他同伴才能暗中活动。

她现在充分发挥着她的才能。

身在宅邸外的萨拉承担着杂务。

她把琐碎的工作交给她的动物来完成。她总是很谦虚,但其实有很多工作只有她才能完成。

在去城里买东西的路上,格蕾特完成了与萨拉的情报交换。

"很遗憾,杀手设置的陷阱没留下线索。我的那些孩子也没能闻出气味,说明杀手有备而来。"

格蕾特预料到了萨拉的回答,只是点点头。

"那么……明天一天请你在宅邸周边待命放哨……"

"好的。"萨拉点点头,怯生生地看着格蕾特,"顺、顺便问一下,杀手还有可能来吗?"

"不能说完全没有可能啊……"

"呜呜,也是。没事,没关系的。我会加油的。"

萨拉像在鼓舞自己一样拍拍脸蛋,消失在街角。

少女们的配合开始发挥作用。

◇◇◇

最后一辆车离去后,夜晚的寂静笼罩着乌韦的宅邸。

车的大灯一路照亮山道两旁的树木,然后渐渐从视野中消失,人们开始觉得刚才的喧嚣好像从来没有发生过一样。门厅的大门关闭的声音不断在她们的耳朵中回响着,就像要把她们拉回现实中。

格蕾特长长地呼出一口气。

在乌韦的宅邸中举行的宴会顺利结束了。

宴会在如此偏僻的宅邸中举行,来访的客人却有三十名之多。这些人都是敬重乌韦的政治家和有权有势的人。四名女仆为宴会准备好平时闲置的空房间,不停地忙前忙后,总算让这次宴会顺利结束。

就在格蕾特站在门厅松口气的时候,吉维娅面露难色地走了过来。

"吉维娅同学,出什么问题了吗?"

"是啊,有点问题。"

她用拇指指了指楼上,笑着说。

"乌韦先生为宴会的开支大发雷霆,不过,这是他的老毛病了。"

"不是,我说的不是这个……"

吉维娅点点头,用手势向格蕾特说明:

"没有入侵者,可疑的家伙身上的东西我都偷出来看过,没有武器之类的东西。"

格蕾特也做手势回答:

"在外面放哨的萨拉同学也没有发现异常。莉莉同学在女仆工作中居然也没有出错。"

她们的情报交换就这样完成了。

也就是说,所有事情都顺利结束了。

"这都是因为格蕾特的指示很完美。真不愧是格蕾特啊,我看到时间表时本以为绝对会出问题,没想到一切就像施了魔法一样顺利。"

"过奖了,应该得到称赞的是你们,我只是在做幕后工作。"

格蕾特虽然嘴上谦虚,但实际上内心十分自负。

——我做得很好。

就算没有克劳斯的指示,她也能根据现场的情况给其他少女做出准确的指示。她们正脚踏实地地收集情报,一步一步把敌人逼入绝境。

格蕾特的心中想着一直在超负荷工作的心上人。

——我得强大到……能让老大依靠才行。

格蕾特抿起嘴唇。

她已经做到最好了,在同伴们的协助下,事情的进展和她计划的一样。

她回到餐厅,打算先完成女仆的工作。大量的餐具使用过后还堆在餐厅里,尽管她们也想随时收拾,可无奈人数太多了。她们遵从乌韦的原则,只按来访者人数准备了菜肴,可还是剩下了很多的食物。

"对了,格蕾特。"格蕾特正在收拾餐具,吉维娅问她,"前段时间你不是说你是政治家庭出身吗?"

"是的……怎么了?"

"你也参加过这种社交活动吗?我真有点羡慕你,你看,多华丽啊。"

吉维娅看着访客们剩下的美食,又想起宴会时的情景。

她的脸上带着陶醉的表情。

今天的宴会足以用"华丽"来形容。

受邀前来的客人中有支持乌韦政见的商界人士,还有孤儿院出身的演员,他们面带微笑地与政商精英们交谈。陪同丈夫参加宴会的夫人们身穿美丽的晚礼服,浑身上下点缀着闪闪发光的宝石。

就算是激进左派政治家的宴会也一样华丽。

那样的情景让吉维娅觉得十分耀眼。

格蕾特摇摇头。

"不……那是一个我无法融入的世界。"

格蕾特没有说假话。

当然,如果不是这样,她也不会做特工。

"这样。"吉维娅有点泄气地说,"好吧,因为你讨厌男人嘛。"

吉维娅肯定不是什么都没察觉到。

她没有追问,格蕾特心里很感谢她的善意。

"现在我们集中精神做该做的事吧……有机会我会说的。"

格蕾特微微一笑岔开话题,专心收拾起来。

"收到。"吉维娅也随意回答一声。

格蕾特打起精神来。

——没错,我得集中精力……为老大……

她的心抽疼了一下,但她摇摇头,想拼命驱赶那种感觉。

来到走廊的时候,奥利维娅正等着她。

"格蕾特,你能来一下吗?"

奥利维娅的声调比平时低了一个八度。格蕾特猜到可能要

特工教室 2

被教训了。

——我必须挺过去。

"和我预料的一样……"格蕾特为了鼓舞自己,这样嘟囔着。

奥利维娅把格蕾特带到她的房间。

房间里乱七八糟,各种东西堆积在床的周围,除了工作服以外,奥利维娅的其他衣服被随便扔在椅背上。房间中还有香烟的气味,可能奥利维娅偶尔会抽烟。平时她总是说"我的房间太乱",不让少女们进入她的房间,看来她不是在找借口。

奥利维娅一屁股坐在堆了好几层衣服、已经变成衣架的椅子上。她让格蕾特站在她的面前,用犀利的目光看着格蕾特。

"今天的宴会你为什么一直待在厨房里?我希望你能在客人身边听命。"

奥利维娅果然要教训她。

格蕾特马上低下头。

"非常抱歉……我有点不舒服,觉得洗洗餐具应该没问题。"

"嗯……餐具不是非得在宴会的时候洗啊。"

格蕾特的这句话半真半假。

看到那么多男性,她的胃就开始疼了,这一点是真的。

可她躲在后面是为了完成特工工作,她必须找个借口,不能让宅邸中的人发现这一点。

奥利维娅开始用手指摆弄头发,并不打算掩饰自己的不悦。

"我说啊,你也十八岁了,我觉得你应该明白,政界是男性社会,里面尽是不把女人当回事的家伙。在这种宴会上,只要有年轻可爱、面带笑容的女仆,一切就会变得非常顺利,所以我非常希望你能到客人身边去。"

"原来如此……"

奥利维娅说的这些格蕾特当然明白，但她就像第一次听说一样点着头。

奥利维娅的心情好像好了一点，微笑着说：

"一开始你可能会不习惯，但其实没你想的那么糟糕。只要稍微奉承几句，客人就会给你零花钱，还有一些叔叔会带你去旅行和看戏。"

"我觉得那是因为奥利维娅小姐特别美丽……"

"啊？你这么认为？真开心……啊，别打岔。"

奥利维娅赶紧绷紧露出笑意的嘴角，问：

"你的身体为什么不舒服？"

"……"

好吧，该怎么找借口呢？

格蕾特不擅长说谎，她必须找到合适的借口。

与真相毫不沾边的假话很难让人相信，可是就算说出无趣的事实，对方也不会当真。

看来在这种情况下，她必须扔出人人都会感兴趣的话题。

"其实……我有一个心上人，所以不想接触其他男性。"

"什么？和我详细说说！"

奥利维娅突然站起来，把椅子都碰倒了。

"……"

这种话题对奥利维娅的吸引力比格蕾特想象的还强。

应该说，奥利维娅死死咬住了格蕾特的鱼钩。

"好、好的……"格蕾特有点被她的气势镇住，但还是开口说道，"是这样的……这或许就是人们所说的相思病吧。只要想起我的心上人，我就会觉得和其他男性说话让我很难受……"

"啊！莫非是那个人？"

"那个人是谁？"

"就是前段时间的那个美男子。啊，对了，你没有看到。在杀手过来的那天，碰巧有个美男子路过宅邸附近。"

奥利维娅说出那名男子的特征。

那位年轻男子外表看起来有些中性，留着一头长发，表情显得有些死板，身穿西装。

"我说，他是什么人？他看起来和吉维娅她们很熟。"

"我也不知道该怎么说……"

"他是来见你的吗？告诉我，那个美男子现在在哪里？"

"不是……他只是学校的老师……可能只是来看看学生们打工时的情况。"

"啊，是这样啊。那个人一看就是一本正经的人。什么嘛，是我太早下结论了啊。"

像发射连珠炮一样问完问题后，奥利维娅笑着说：

"抱歉啊，做这份工作没什么机会聊恋爱的话题，我早就心痒痒了。不过，真羡慕你处在恋爱中，既然是这样，我也不好强迫你了。"

格蕾特觉得她可不只是心痒痒，但还是随便附和了一句。

奥利维娅轻轻叹了一口气，然后扶起椅子，重新坐好。

格蕾特觉得自己成功赢得了她的好感，也松了一口气。

可是，奥利维娅在这时说出了一句让她意料不到的话：

"那么，那个美男子我收下了，可以吗？"

听到奥利维娅的问话，格蕾特疑惑地说：

"收下？"

"如果那个老师不是你的心上人，那我收下他没问题吧？"

奥利维娅把人说得像物品一样。

她若无其事地说道：

"回头让我见见他吧，我会安排好时间的。"

"可是就算见到老师，也不知道他会不会和你交往……"

"是吗，这可不好说吧？我长得不错，对自己的身材也很有自信……"

"……"

"他肯定也很久没有谈过恋爱了吧。只要让他喝几杯，我也装作喝醉，往他身上一贴，把该干的事情都——"

说到这里，奥利维娅停住了。

笑容从她的脸上消失，看那表情，她是在观察格蕾特。

"什么嘛。"她说道，"格蕾特，你还会露出这样的表情啊？"

"……"

格蕾特不知道自己现在是什么表情。

她有点不敢看镜子。

奥利维娅捂着肚子笑了起来，说："我当然是开玩笑的，格蕾特，你真是一点都藏不住心事啊。"她拍了拍手，看来格蕾特的表情点中了她的笑穴。

笑了一会儿后，奥利维娅站了起来，把手放在格蕾特的肩膀上。

"好吧，你因为老师得相思病也没关系，但在工作上可不能懈怠。不要紧，没什么好担心的。女追男，隔层纱嘛。"

"是这样吗……"

"是啊，你本来就是美人一个，应该表现得从容一点才行。"奥利维娅笑着说道。

"我们这样的美女需要活得满不在乎才行，男人不会喜欢阴郁的女人。"

奥利维娅一定是在鼓励她吧。

这是成熟的女性给还不成熟的少女的建议。

格蕾特本打算坦率地接受奥利维娅的建议,但……

"我讨厌这种想法。"

格蕾特给出了完全相反的回答。

"我不喜欢……不努力让自己获得爱的人。"

"你在说什么?"

格蕾特否定了她好心给出的建议,似乎让她不高兴了。

她拿开放在格蕾特肩膀上的手,用带着怒火的目光盯着格蕾特。

"你就是因为这样才没人爱吧?"

"……"

格蕾特咬住嘴唇。

她的脑海中飘过好几句话,但她忍住没有说出来。

"啊,被我说中了啊。"奥利维娅的脸上露出轻蔑的笑容,"我想也是啊,你太阴郁了。"

看来这才是奥利维娅的真心话。

奥利维娅挥挥手,像是要把格蕾特赶走。

"我好心给你建议,你不听就算了。不过,你也不用勉强自己在宴会上苦着一张脸,客人们只会觉得扫兴。"

奥利维娅似乎说完她想说的话了,冷淡地看着格蕾特。

格蕾特觉得自己可能没机会再进入这个房间了。

想到这一点,她马上快速地观察房间里的每一个角落。她看到一件工艺品被奥利维娅像宝贝一样摆在桌子上,上面有一颗闪闪发光的翡翠色宝石。

"这枚胸针真好看啊。"

奥利维娅皱起眉头说:

"这是我的恋人送给我的礼物,怎么了?"

"没有,没什么……"

格蕾特礼貌地低头行礼,然后走出奥利维娅的房间。

那应该是加尔加多帝国的工艺品吧。她克制住自己,没有说出来。

逃离奥利维娅的责问后,格蕾特躺倒在自己房间的床上。

好累啊……

每当一天结束的时候,格蕾特就会觉得自己变得更加疲劳。

她知道自己必须把弦绷紧,可是身体想休息,她的脑子也无法灵活地运转。

她的脑子告诉她要换上睡衣,可是倒在床上的身体不肯动起来。这么强的倦怠感,恐怕不只是因为过度疲劳。

奥利维娅的话深深刺痛了格蕾特心中敏感的部分。

"你就是因为这样才没有人爱吧?"

这一点格蕾特也有自觉。

她没有莉莉那样充满魅力、人见人爱的外貌,没有吉维娅那样表里如一的活泼性格,也没有萨拉那样会让别人产生保护欲的可爱气质。

她觉得自己是一个阴郁的女人,总喜欢纸上谈兵,而且不擅长和别人对话。

——克劳斯对我没有男人对女人的那种好感。

这一点格蕾特也察觉到了。

——正因为如此，我才只能尽最大的努力啊……

她只能努力，展示成果，不让克劳斯失望，让他喜欢自己。

格蕾特把手伸向放在床头柜上的东西。

那是一支钢笔。

她攥紧钢笔，把它贴在自己的胸口。

——我从老大那里把它抢了过来，还没找到机会还给他。

结果她把它当成护身符，带来执行任务了。她握着钢笔，沉浸在与克劳斯的回忆中。

她这是在对抗从恋人那里得到胸针的奥利维娅。

她想对奥利维娅说，她也有从心上人那里偷来的钢笔。

她们之间的胜负自然一目了然。

"老大……"

格蕾特嘟囔着。当然，她得不到回答。

她沉浸在妄想中，过了一会儿，房门被敲响了。

住在隔壁的莉莉探出头。

"啊，辛苦——"

"莉莉同学？"

格蕾特坐起来，看着莉莉。

她想起来她们还没有相互汇报，然而她把这件事彻底忘了。

"对了，关于今天的宴会——"

"总而言之，工作的事先放到一边。"

可是，莉莉没有理会格蕾特的话。

"摸摸。"

莉莉跳到床上，抚摸起格蕾特的头。她的脸上带着天真无邪的笑容，像安慰孩子一样抚摸着格蕾特。

格蕾特眨了眨眼。

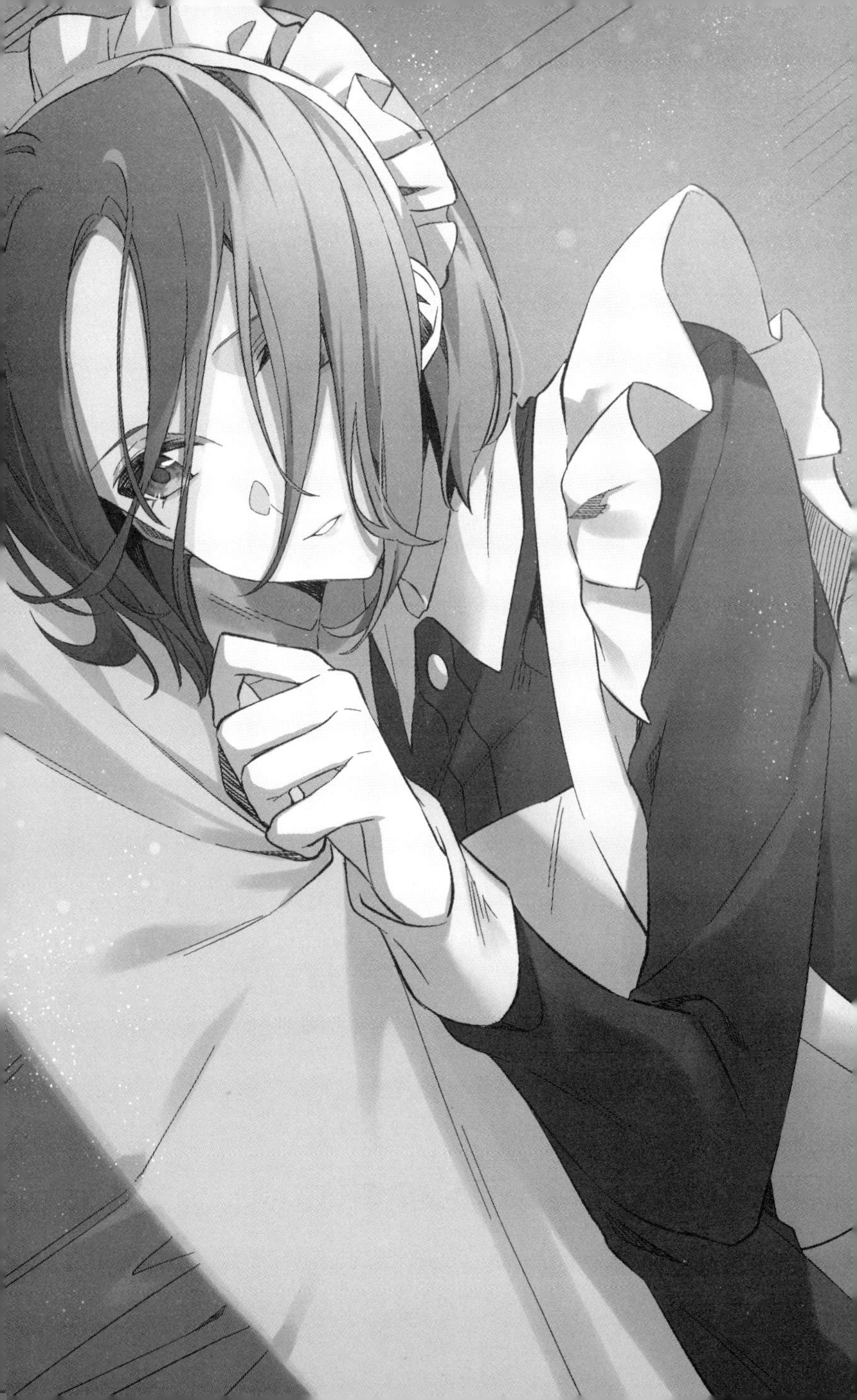

"你怎么……"

"不是,我看你好像很累,就想对你温柔一点。"

"这样啊……"

"虽说这不是老师的手,但你别嫌弃啊。"

她这是怎么了?

格蕾特有点摸不着头脑,任莉莉抚摸。莉莉笑着说:"负责帮老师消除疲惫的是你,那负责帮你消除疲惫的就是我,请不要想太多。"

看来莉莉注意到了她的疲劳。

莉莉转到格蕾特的身后,开始按摩她的身体。头部、颈部、肩部、背部……莉莉用熟练的手法帮她放松身体各个部位。莉莉说她也会为莫妮卡按摩,格蕾特认为她一定是被莫妮卡命令用按摩来代替道歉,总而言之她的手法十分娴熟。

在赞叹的同时,格蕾特也发现了一件令她很在意的事。

她的后脑勺感受到了很柔软的触感。

"莉莉同学的身材真好啊……"

"怎么突然说这个?"

莉莉这才发现自己的胸口一直顶着格蕾特的后脑勺。

她慌忙向后一跳。平时她总是大大咧咧,可是一聊到她的身材和与男女有关的话题,她马上就会变得难为情。

——我在这方面是不是也该像莉莉这么腼腆呢?

格蕾特叹了口气。

"不是……我引诱过老大好几次,可是每次都失败,我觉得有点灰心。"

"不不,用不着垂头丧气啊,格蕾特的身材不也……"

莉莉的话说到这里不自然地断了。

她的视线停在了格蕾特那平坦的胸口上。

"那、那个……"

"那个?"

"你打扮成男生一定很好看啊……"

"……"

莉莉费半天劲挤出来的似乎只有这句话。

她马上察觉到自己踩了地雷,迅速说道:

"真、真不愧是伪装专家!格蕾特对自己体形的管理真是滴水不漏!"

"……"

"你不需要束胸就能伪装成男人,简直是天才!"

"……"

"就算说你在平日里就一直打扮成男人也不为过!"

格蕾特握住了莉莉的手。

"我可以折断你的小指头吗?"

"真的发火了?"

莉莉发出尖叫。

可是大受打击的是格蕾特,她拉开了和莉莉之间的距离,往前倒去。

"这个可恶的充满痛苦的世界!"她呻吟着,拍着被子。

莉莉不断指出她最自卑的一点,她很想哭。

同时,她曾经对克劳斯说过的话也闪过她的脑海。

——说出"请躺在我的胸口上睡吧"这句话……我自己也觉得可怜啊……

客观来看,格蕾特的这句话说得很勉强。

"你哪里有胸啊?"要是当时克劳斯这样吐槽,想必格蕾特会咬断自己的舌头。

格蕾特的心变得伤痕累累,这时莉莉拍了拍她的后背。

"请放心吧,格蕾特也有很多的优点。"

莉莉的话音听上去很爽朗。

"而且我们永远都是同伴。"

虽然给格蕾特带来的伤害好像比慰藉更多,但莉莉还是面带微笑走出了房间。

莉莉走后,格蕾特松了一口气。

她很感谢莉莉的心意,可无论如何也无法相信她说的话。

——我不觉得自己有什么优点……

格蕾特抱着头,把脸埋在床单里。

沉到最低谷的心情唤醒了格蕾特过去的伤痕。

"我无法爱你这样的女儿!"

那诅咒始终阴魂不散,不断在格蕾特的耳边响起。

格蕾特按住头,她又想起来了。

"不过是自然地笑一笑,你为什么做不到?"

为消除耳边的声音,格蕾特把自己裹在被子里。

"我怎么生出你这样一个让人不寒而栗的女儿!"

可是,那些话语始终在她的耳边回响。

◇ ◇ ◇

克劳斯在一家旅馆中看报告书。

那是从某所特工学校要来的资料,记录了格蕾特的成绩和考试的内容。格蕾特的笔试成绩总是近乎满分，可是一到实战考试，她的成绩就会一落千丈。只要不是与人接触的考试，她都能保持优秀的成绩。

格蕾特的问题在于潜入和交涉，即需要与人接触的考试。在这些考试中，她总是取得很低分的成绩，被退学也不奇怪。

"我很害怕男性。"

克劳斯本来就没有怀疑格蕾特的话，这份资料更是为她的话提供了佐证。

——男性恐惧症啊……

格蕾特的父亲是政治家，是国会上议院的议员，温和左派的代表人物，他和激进左派乌韦有着并不紧密的合作关系。看官方资料，这位政治家有三个儿子和一个小女儿，而他的女儿从十三岁起就为了养病在国外生活。

她是在父亲的全力推荐下进入特工学校的。

说白了，她被父亲抛弃了。

在政界，男尊女卑的观点根深蒂固，政治家要求女性拥有美貌和优雅的气质……不符合男性社会价值观的女性会一直遭到否定……格蕾特一定过得很痛苦吧。

格蕾特在政治家庭中一定经历了严酷的过去。

"爱女"这个代号，据说是她自己取的。

这真是一个充满讽刺意味的代号。

他撕碎报告书，把纸片放在烟灰缸里。

"可是，只凭这样一沓纸，无法明白她的想法啊。"

克劳斯把点着的火柴放在撕碎的报告书上，烧掉了它。

"总而言之，现在先完成任务吧。"

得出结论后，他把蓬乱的头发扎在脑后。

"差不多开始吧——狩猎杀手。"

◇ ◇ ◇

萨拉正在山上的小屋里喂她的那些宠物吃饭。

乌韦的宅邸离城市有一段距离，于是萨拉住进山上一座小小的空屋里。小屋里摆放着老鹰、鸽子、狗、老鼠等各种动物的笼子，看起来像一家宠物店。

运送东西，声东击西，调查搜寻……动物能做的事有很多。

就算是科学技术取得进步的时代，还是有很多事只有动物能完成。

萨拉的能力是调教动物。

向别人解释的时候，为方便别人理解，萨拉会这样说。实际上，她认为自己和动物之间是通过信赖联系在一起的。

特别是老鹰伯纳德，在进入特工学校前，萨拉和它就已经是好朋友了。

"乖乖，我知道你一直喜欢吃猪肉。"

它是一个美食家，不是萨拉做的特制饵料就不会吃。

萨拉正看着伯纳德啄食饵料，突然听到小屋的门被敲响了。

"呀！"萨拉的身体一颤。

莫非是敌人来了吗？

——要是真是敌人，就请伯纳德保护我吧。

萨拉想着，在老鹰身边举起手枪，但门外传来了她熟悉的声音："是我。"

"啊，是老师啊。"

萨拉打开门，只见克劳斯站在门外。

萨拉不知道克劳斯到什么地方干什么了，但看到他那装满资料的挎包，就知道他取得了丰硕的成果。

萨拉把桌子搬到小屋中央，看起克劳斯拿来的资料。

她把吉维娅偷出来的资料交给克劳斯。

被杀手干掉的是乌韦相识多年的朋友。杀手，或者杀手的帮手，恐怕就潜伏在他身边。

"情报已经收集齐了，可疑的人差不多该浮出水面了。"

"是啊。"克劳斯说着，拿出一份新的资料。

这份资料中有被"尸"干掉的政治家的详细信息。

"'尸'最常用的杀人手法是把他杀伪装成遇害者跳楼自杀。因为作案时不用凶器，寻找杀人的痕迹时会很困难。想必除这些人之外，还有很多遇害者被当成自杀来处理了。"

"真是恶趣味啊……"

"被杀的是一位曾经为战后经济复兴奔忙的政治家，遇害者一定很不甘心吧……"

克劳斯的脸色变得阴沉。

把精神集中在眼前的事上，不小心就会忘记俯瞰全局。

这不是普通的杀人案。政治家死了，政策就会发生变化，国家将随之改变，世界也会变成新的形态。

只要除掉对帝国不友好的政治家，让与帝国有联系的政治家当选，帝国就没有必要发动性价比不高的战争，同样能与邻国搞好关系。

——这就是"影之战争"啊……

萨拉忍不住倒吸一口凉气。

名叫"尸"的杀手暗杀掉的人，光是人们发现的，全世界就有几十名。这个杀手不光会杀死目标，有时还会把目标身边的人一起干掉，以此作为伪装，让人们无法确定受害者的身份。被逼到绝境的时候，此人会设法用普通人当挡箭牌逃掉。

此人是一个残忍至极的特工，没有正常的伦理观可言。

——这就是我们接下来要面对的敌人。

萨拉在感到愤怒的同时，也产生了一种寒彻骨髓的感觉。

"萨拉，"克劳斯对她说道，"不用担心，我这个世界最强特工一定会干掉'尸'的，不要那么害怕。"

听到这句话，萨拉紧张起来的身体便放松下来。

"世界最强"——这个称号听起来有点幼稚，充满自负和骄傲，但他迄今为止已经帮助过萨拉很多次了。

对胆小的萨拉来说，他也是她的心灵支柱。

克劳斯好像觉得自己已经完成了任务，转身向屋外走去。

"我、我知道！"

萨拉看向克劳斯的背影开口说道。有些话她必须告诉他。

"我知道这样很没出息，但我很放心。老师愿意依靠我，我也很高兴，不过说实话，我还是觉得老师保护着我更……"

"没什么好难为情的。"

"那个！正因为如此，我才希望老师可以多关心一下格蕾特学姐。"

克劳斯诧异地转过头来。

说出来后，萨拉才想明白了自己想说什么，这是胆小的她才能说出口的话。

"格蕾特学姐的行动肯定需要很多的勇气，比老师想象的还要多。"

"……"

克劳斯什么都没有说，他的表情也比平时更冷，萨拉读不懂其中的情绪。

"好吧。"过了一会儿,克劳斯才这样小声说了一句,然后走出了萨拉的小屋。

◇◇◇

第一次袭击发生后过了五天,第二次袭击来了。

吉维娅听到枪声后便从床上跳起来,赶到乌韦的寝室,发现窗玻璃被打碎了。

幸好乌韦还活着。他正抱着步枪,喘着粗气,向夜空中开枪。吉维娅赶紧制止他。

"第二次暗杀啊……"

杀手似乎失败了。

杀手试图从窗外狙击乌韦,不然就是打算用碎掉的玻璃伤害他。可是因为家具摆放的位置变了,杀手没能从窗外伤到床上的乌韦。

真奇怪,暗杀高手居然在这么短的时间里失败两次?

子弹还落在地板上。

吉维娅捡起子弹观察起来。

杀手使用的似乎是小型手枪,口径是二十五毫米,从窗外的树到窗户的距离目测是三十米,以这么远的距离来看,手枪的口径太小。

难道杀手没打算杀死乌韦?到底是怎么回事?

吉维娅用手帕包起子弹,装进口袋里。

这时候,其他人才赶到乌韦的房间。平时很不惹眼的秘书开始确认乌韦是否平安无事。

特工教室 2

"差点丢了这条老命啊。"乌韦重重地叹了一口气,"白发的家伙,多亏了你啊。要不是你擅自动了我的床,我可能已经被窗玻璃扎死了。"

"哎呀,这可真是太巧了。"吉维娅笑着回答。

吉维娅当然是有意为之。考虑到宅邸周围的树木和窗户的位置关系,吉维娅改变了家具摆放的位置,这样就算杀手在窗外狙击也无法伤到乌韦。

"又是那个丑陋的疤脸男。"乌韦不屑地哼了一声,"可恶!下一次我一定要打死他!"

"你的夜盲症好了吗?"

"多亏你们这些家伙做的菜肴,已经好多了。下次疤脸男再跑出来,我就让他死在这里。"

乌韦吃了两周营养丰富的菜肴后,症状已经得到改善。尽管是一件好事,但吉维娅还是希望他不要强出头。

她夺过乌韦手中的步枪,挂在墙上。

"勇敢当然是好事,不过啊,乌韦先生,你怎么不考虑雇警卫员?"

"嗯,这也是一个好主意……"

乌韦抱起手臂思考起来,看来是在他那节约精神的天平上权衡利弊。

不过,对吉维娅来说,只要警卫员的来历没问题,能加强宅邸的安全防护也是一件好事。

"那可不行。"

但也有人表示反对。

提出反对意见的是奥利维娅。吉维娅回过神来,发现奥利维娅就站在她的身后。

"乌韦先生，我们不知道杀手到底是什么人，我反对在宅邸中继续增加外人，太可怕了。"

奥利维娅像发射连珠炮一样劝阻着乌韦。

她一边不停地说，一边站到乌韦旁边。

"还有，乌韦先生，是不是应该把最近来的外人解雇掉？"

吉维娅下意识地向前迈出一步。

"你说什么呢？这次袭击不也是因为我——"

"你们好像不怎么害怕杀手啊，为什么呢？"

奥利维娅的声音颤抖着，她很害怕。

"第一次遭到袭击的时候，你们也显得格外勇敢，莫非你们很习惯这种事吗？说啊，为什么？你真的只是碰巧移动了乌韦先生的床吗？"

"……"

"乌韦先生，还是重新调查一下她们的身份吧，比如仔细检查她们带来的东西……"

奥利维娅紧紧抓住乌韦的手臂，凝视着她的主人，两人之间的距离近到仿佛要接吻。

乌韦好像也乱了阵脚。

他似乎被自己的疑心和一直很器重的女仆夹在中间，不知如何是好。

吉维娅没能马上想到该怎么说才好。要是身份受到怀疑，搞不好她们会被赶出宅邸。

奥利维娅得意地微笑起来。

"这个——"

"奥利维娅小姐，等一下……"

就在吉维娅想开口的时候，有人在她的身后伸出了援手。

"徒手捡碎玻璃……是很危险的。"

说话的是格蕾特。

她不知什么时候来到了乌韦的房间里。她一边收拾地上的碎玻璃,一边用平和的目光看着奥利维娅。

奥利维娅也一言不发地凝视着格蕾特,她的表情十分冰冷,透着不快。

不过,她很快便向格蕾特露出笑脸。

"对啊……我的指尖被划破了,我去洗一下。"

奥利维娅说着,张开右手。

约三厘米长的玻璃片落在了地板上。

她有些失望地离开乌韦,走向寝室的门。

她和格蕾特擦肩而过的时候,两人互不相让地瞪着彼此。

两人的视线到底意味着什么呢?

包括吉维娅在内的其他人都不知道。她们决定先开始打扫房间。

吉维娅悄悄向格蕾特问道:

"我说,奥利维娅小姐是什么时候拿起碎玻璃的?"

那块碎玻璃在奥利维娅的手中就像暗器。

暗杀高手能用玻璃碎片割断人的颈动脉。玻璃片是能用来应急的武器,而且就算有人追问为什么拿着玻璃片,持有者也很容易为自己开脱。

毫无疑问,奥利维娅拥有特工的技术。

"她隐藏气息站在我的背后,如果她想杀我,我已经——"

"吉维娅同学。"格蕾特文静地说道,"现在还是专心做好女仆的工作吧。"

格蕾特似乎已经明白了什么。

吉维娅虽然被格蕾特催着演好女仆，但还是有个问题想问清楚。

"我说，老师是怎么打算的？"

"老大说……一切都交给我。"

吉维娅惊得睁大眼睛。

"他交给你这么重大的责任吗？"

格蕾特轻轻点点头，开始打扫。

吉维娅有点意外，她知道有些决定克劳斯可能会交给第一线的格蕾特来做，却没想到他会让格蕾特背负这么重的担子。

"……"

吉维娅悄悄观察着格蕾特的侧脸，发现她有点没精神。格蕾特本就不是身体强健的女生。她的精神肯定已经相当疲惫。

——话说，那家伙现在在什么地方啊？

吉维娅抬起头，怒视着空中。

◇ ◇ ◇

结果，她们到深夜才把乌韦的寝室收拾好。

格蕾特按着头回到自己的房间。她的头开始发痛，恐怕是因为夜以继日地工作，只要绷紧的弦稍微松一点，她就会觉得脑袋昏昏沉沉。

可是她不能放松警惕，她需要考虑的事太多了。

——她应该还不会行动。现在行动嫌疑太大，吃亏的是她……虽然她不高兴，但为了提防老大，她应该不会有动作。

格蕾特已经拜托萨拉去查清奥利维娅护照上的信息。

奥利维娅出身于一个东方小国。有时乌韦给她放长假，她就会到国外去旅行。她去旅行的地方和"尸"进行暗杀的地点一致。

遇害的都是一些政治人物，可以认为是乌韦掌握的情报被利用了。

——可是，我还是无法看穿她的实力……我本来打算观察她会如何应对袭击事件，慢慢掌握她的实力……可是看样子，现在无法继续了……

他们即将迎来决战。

接下来的每一步棋，都会对任务能否成功产生影响。

——如果我犯错误，同伴就会死。

"……"

产生这种想法后，格蕾特觉得自己的心脏好像被攥住了。

这就是克劳斯背负的重担吗？

不管是什么任务，一个人完成就好——格蕾特开始理解克劳斯为什么会有这种想法了。

上一次执行"不可能任务"的时候，克劳斯也犹豫过许多次。现在格蕾特亲身体会，终于明白是为什么了。她没想到依赖同伴竟然是一件如此可怕的事。

格蕾特睡不着。

她觉得比起睡觉，还是尽可能多地花些时间制订计划更好。

她也吃不下东西。

她总担心在吃饭的时候可能出现什么问题，让她措手不及。

她觉得腿像灌了铅一样沉重，好像只要放松绷紧的弦，她就会跪倒在地上，而一旦倒下去，她恐怕就再也站不起来。

柔软的地毯也让她难以迈开步子。

当她差点倒向前方的时候，有人抱住了她。

"格蕾特。"

莉莉抱住了她。

莉莉从旁边搂住格蕾特的肩膀,不安地看着她。格蕾特发现莉莉在自己的房间门前,或许是在等她过来。

"你没事吧?先到我的房间里休息一下吧。"

"对不起……我刚才有点头晕。"格蕾特马上从莉莉的怀里离开,"没事,只要躺一会儿就好,这不算什么——"

"不行,我要再给你按摩一次,我要把你全身揉到像水母一样软为止。"

莉莉不由分说地把格蕾特推进房间。莉莉的力气比她大得多,她无法抵抗,只能任莉莉把她推进屋里。

不过在感到无奈的同时,格蕾特也很感谢莉莉的建议。

莉莉的按摩技术确实很精湛,虽然会激起格蕾特的自卑感,但是确实能让她的身体放松下来——

格蕾特的麻痹大意是致命的。

"上当了吧。"

"咦?"

莉莉突然在她耳边说了一句莫名其妙的话。

等她回过神来,已经晚了。

"逮捕!"

莉莉下达命令。

有人捂住了格蕾特的嘴。格蕾特转过头去,看到是吉维娅,她似乎藏在门旁边。格蕾特慌忙想挣脱吉维娅的手,可是她的手臂已经被按住,无法挣扎。"老实点。"吉维娅在她的耳边像强盗一样威胁她。

紧接着,格蕾特被按倒在床上。

"呀！"格蕾特忍不住发出一声狼狈的惊叫。

萨拉正等在床边，看到她倒在床上，马上骑到她的双腿上。

格蕾特的左右臂分别被吉维娅和莉莉按住。

她的四肢动弹不得。

"那、那个……这是在干什么……"

"特工应该毫不留情地审讯敌人。"

莉莉严肃地说完后，取出一个刷漆用的大毛刷。

她用毛刷扫着格蕾特的脖子。

"啊啊啊啊……"格蕾特尖叫起来，可是少女们没有放开她。

"特工必须冷酷地对待敌人。"

"昨、昨天你不是还说我们永远都是同伴吗？"

"那是假话。"

莉莉毫不犹豫地说道。

她说的是那种绝对不该说的假话。

格蕾特用幽怨的目光看着莉莉，只见莉莉把手伸向了她的裙子。

"嘿！"莉莉叫着，把什么东西撕了下来，拿到格蕾特面前。

那是格蕾特很熟悉的纽扣装置。

"窃听器？"

"哼，要是你觉得我永远是被骗的一方，那就大错特错了。"

那和她们装在乌韦宅邸中的是同一种窃听器。

肯定是莉莉昨晚假装给格蕾特按摩，把窃听器装在她的身上了。也就是说，从昨晚到今天，她的行动完全在莉莉的掌控之中。

莉莉得意地笑道：

"那个疤脸男，其实是格蕾特伪装的吧？"

"啊?"听到莉莉的话,吉维娅和萨拉也感到很意外,睁大了眼睛。看来莉莉请她们帮忙袭击格蕾特的时候什么都没有告诉她们。

格蕾特似乎也觉得很意外。

她知道迟早会暴露,不过没有想到第一个发现的人居然是莉莉。

"啊啊啊啊……"格蕾特本打算保持沉默,可是毛刷又在她的脖子上拂来拂去,使她痒得发出尖叫。

这分明不是审讯,而是刑讯。

格蕾特喘起粗气。

"我投降……没错……作案者就是我啊啊啊啊!"

就在她打算招供时,莉莉又用毛刷在她的脖子上拂起来。

"这个真好玩。"莉莉看着毛刷赞叹起来,"那你为什么要伪装成那样?"

"我刚才正打算说……就被你打断了啊。"

"我看你尖叫起来太可爱了,没忍住。"

莉莉理直气壮地说道。

不过,这也让格蕾特欺骗同伴的罪恶感消失了。

"我扮成杀手,想看看女仆和其他人的反应……这样能把接受过特殊训练的人找出来……"

没错,向乌韦和奥利维娅开枪的就是格蕾特。

只要听到枪声,受过训练的特工就一定会紧张起来,他们一定会装作害怕的样子,设法避免自己被盯上。格蕾特就是想看看有没有这样的人。

格蕾特用的办法和乌韦的一样,但乌韦的做法实在太出人意料,就算是受过训练的特工也会大吃一惊。

莉莉好像看穿一切一样微笑着说道：

"差不多该把任务的全貌告诉我们了吧？"

"不……这是我要承担的……"

"格蕾特很厉害，我们可说不出'希望能分担老大的负担'这样的话。"

莉莉紧紧地握住格蕾特的手。

"不过，有句话我能说出来——我希望能够分担格蕾特的负担。"

看着莉莉那充满善意的眼神，格蕾特明白了莉莉为什么能看穿她的伪装了。

作为队长，她肯定一直记挂着同伴的烦恼。

反过来说，或许就是因为莉莉看似大大咧咧，但其实心里装着同伴们，克劳斯才会决定让她当队长。

"没错。"听到莉莉的话，吉维娅也表示同意。

"是的。"萨拉也点点头。她们也把友善的目光投向格蕾特。

格蕾特觉得眼角发热。

她现在明白了，虽然没能遇到爱她的男人，但是她有这么多关心她的同伴。

格蕾特说道：

"大家请听我说，我们的目标'尸'——"

话还没说完，她便听到了一个声音——

"你们果然是特工啊。"

那是一个冷酷的声音。

格蕾特没有感觉到气息，这就是对方磨炼出来的杀手技巧。

格蕾特有一种心脏直接被攥住的不快感。

"好吧,这次来个热闹的吧。"

格蕾特发现声音是从房门方向传来的。

她从房门缝隙中能看到在门外说话的是奥利维娅。

奥利维娅把什么东西轻轻地扔进了房间里。

那是一颗手榴弹。

"窗户!"格蕾特叫起来。

最先动起来的是吉维娅。

她揪起萨拉的衣领,一脚踢在莉莉的屁股上,把同伴们送向唯一的出口。摆脱束缚的格蕾特也跟着她们冲向窗口。

吉维娅一脚踹开窗户,四名少女一起从窗口跳了出去。

就在她们躲到墙后时,手榴弹也爆炸了。

火从窗口喷出来,玻璃和家具的碎片同时从窗口飞溅出来。吉维娅用情急之下抓住的床单盖住同伴的身体,也因为她们没有待在窗口正前方,所以没有受到冲击波的伤害。

"再来一个。"

可是,她们又听到了那个令人毛骨悚然的声音。

手榴弹又飞到她们头顶。

敌人可能预测到了她们逃跑的方向。格蕾特赶紧全速开动脑筋,可还是想不到该如何躲避这次爆炸的冲击波。

就在那颗手榴弹爆炸前,她们的头上掠过一个影子。

是一只老鹰。

被萨拉取名为伯纳德的老鹰突然现身,用爪子灵巧地抓住手榴弹,飞向空中。远离它的主人萨拉后,伯纳德放开手榴弹——可惜已经晚了。

手榴弹在老鹰身旁爆炸了。

"啊!"

萨拉发出不成声的尖叫。

鲜血滴下来,落到格蕾特的脸上。

破损的羽毛飞散在少女们周围。

扑通,被炸得面目全非的老鹰坠落在地上。

"伯纳德……"

萨拉呆呆地嘟囔着。

奥利维娅没有继续追击,她似乎已经逃走了。

格蕾特没有想到她会这么快开始行动。

"老师……"莉莉喊道,"老师在哪里?我们得马上把老师叫来!"

莉莉非常理解萨拉的心情。

她现在顾不上安慰萨拉,如果克劳斯在场,她们应该不用做出这样的牺牲。

"老大不在……"

可现实很残酷。

"啊?"

"现在老大不会到这里来……"

格蕾特必须把任务的真实内容告诉同伴们。

那是克劳斯悲痛万分做出的决定——

"这次的战斗……只能靠我们自己取得胜利……"

吉维娅、莉莉,还有萨拉的脸都僵住了。

她们没想到格蕾特居然在这时说出了一直隐瞒的秘密。

世界最强特工此刻不在她们身边。

第四章　爱意与暗杀

奥利维娅奔跑着。

她在焦躁和怒火中不断向前迈着步子。

她没想到自己会被那样的小丫头看穿真实身份。

她不想抛弃这个能接近实力派政治家的身份，可是现在已经到了她必须撤退的时候，她必须尽快离开这座宅邸。那三个少女应该已经被炸死，除非发生了什么令人难以置信的事。

可是，那个她绝对无法与之对峙的敌人还活着。

——"篝火"……

奥利维娅想起那个只现身过一次的长发美男子。

他是迪恩共和国中最危险的特工。

看穿她的真实身份的应该就是那个男人。

应该就是"篝火"命令格蕾特伪装成杀手，以便他在外部观察大家的反应。

奥利维娅来自东方的一个小国。

她不记得自己的原名了。她本来在一个很偏僻的地方卖身，以为自己会在那里过完一生。认识她的人对她的评价不错，可她没有改变自己人生的财力和勇气。有朝一日被某个嫖客娶为妻子，最终进入坟墓被世人遗忘——等着她的就是这样的命运。

她的心和身体都凉透了，只能一直卖身。

特工教室 2

有一天，一位政治家千里迢迢来到那个偏僻的地方找乐子。奥利维娅的命运就在这一天迎来了转机。

那一天，店里有二十三个人中了枪，包括陪酒女和客人。

奥利维娅碰巧在店里面睡熟了，事后才看到那尸山血海。当她被响动吵醒的时候，杀戮已经结束。不到十分钟的时间里，那栋偏僻的小楼便上演了一出惨剧。

堆成山的尸体旁边站着一名男子。

这名男子瘦得脸如刀削，像死人一样。

"你总算醒了啊。就算我用了带消音器的枪，你也太沉得住气了。"

与给人的印象正相反，他露出了快活的笑容。

"好，接下来你只要从窗口跳下去就行了。"

"啊？"

"你的精神突然出现异常，用客人带来的枪把所有人都杀了，然后从楼上跳下去自杀。剧情就是这样，不会有人知道暗杀者是我。"

男子若无其事地解说着。

奥利维娅看到了令人发狂的景象，但不知为何，她的脑子非常冷静。

"暗杀？这里的人都是你要杀的吗？"

"不，我的目标只是其中一个男人，其他人都是顺手杀的。"男子露出洁白的牙齿笑起来，"要是只有一个政治家死了，人们就会怀疑他是被特工暗杀的，但要是二十个无关的人也死了，人们不就会认为这是一次普通的杀人案吗？"

他说自己是为了掩饰暗杀目的才干掉了无辜的人，而且下手的速度快得令人不敢相信。

他举着枪逼近奥利维娅。

奥利维娅向后退去，很快便被逼到窗边，她的后背顶在窗框上。窗户开着，这里是四楼，如果她跳下去，肯定会没命。

"快点跳下去吧，如果运气好，说不定能活下来。"

男子的声音十分低沉，很有震慑力。

"要是你不肯，我只要开枪打死你，再找另外一个人跳下去就行。"

奥利维娅仔细看周围，发现几个人还有一口气在。其中有对她很照顾的前辈和朋友，还有收留她的店长和曾有过山盟海誓的常客。她看着一息尚存的人们，最后看向了杀手的眼睛。

那是一双仿佛看着无生命物件一样冷酷的眼睛。

被那样的一双眼睛直勾勾地看着，她觉得身体开始发烫。

她以前从未见过这种目光。

那和她见到过的那些平平无奇的目光完全不同。

——他是来自异次元的王子殿下。

头脑中产生的热量沿着她的后背流向她的下半身，她的心脏开始狂跳，冰凉的皮肤开始变得温热。

"我说，收我做你的学生吧。"

她的嘴动起来。她的脑子几乎是空的，下意识地把手伸向男子手中的枪。

现在回想起来，她觉得男子当时只是心血来潮。他任奥利维娅握住他的枪。

奥利维娅一点都没有犹豫。她拿过枪后，学着男子的样子开枪。她射向了奄奄一息的前辈、店长、常客、朋友，一个接一个地结束了他们的生命。她觉得很爽快，明明是第一次用枪，子弹却准确地飞向她想瞄准的位置。她觉得自己很有天分。活到现在，她还是第一次感到这么兴奋，她觉得这就是所谓的脱胎换骨。

结束最后一个人的生命后，奥利维娅笑着看向杀手。

"带我离开这里吧。"

他的眼神就像在看奇异动物一样，过了一会儿，他愉快地翘起嘴角。

从那天开始，奥利维娅成了帝国的特工。

这就是她和加尔加多帝国的杀手"潭水"罗兰德的邂逅。

奥利维娅和罗兰德的蜜月开始了。

他们奔走世界各地，奥利维娅向罗兰德学习欺骗和杀戮的技术，赚到一笔又一笔不菲的报酬。她主要辅助那个自称罗兰德的老师完成暗杀，必要的时候她也会拿起枪，两人携手干掉了几十人。

每次完成任务，罗兰德都会和奥利维娅享受鱼水之欢。后来共和国把罗兰德称为"尸"，把他当成最危险的杀手。一想到自己在这样一个强者的怀里，她的心就开始颤动起来，幸福感就会充满她的全身。

她享受着杀戮的日子、巨额的金钱，还有最强杀手的宠爱。

这些都是她在那偏僻的地方中无法得到的。

"有一个男人你最好当心。"

当奥利维娅学会了一身本事，罗兰德给了她这样一句忠告。那时候奥利维娅在名为乌韦·阿佩尔的政治家家里做女仆，正一步一步取得其信任，开始为帝国窃取机密情报。

关于迪恩共和国的最强特工，罗兰德是这样说的：

"我不是和你说过我们的特工把'焰'覆灭了吗？不过，听说有一个漏网之鱼。后来我们的特工又打算以生物武器为诱饵干掉他，可是又失败了。目前来看，这个男人就是迪恩共和国中我们最需要警惕的人。"

他那张瘦削的脸动着，继续说下去：

"'篝火''尘王'、亚科斯、隆、'冷酷''铁撬棍'……他有很多名字，不过人们通常叫他克劳斯。幸运的是，我们有他的照片。"

罗兰德拿出一张照片给奥利维娅看。

照片应该是偷拍的。照片上的青年显得十分放松，脸上带着笑容，看起来像是拍摄者在他和家人谈笑的时候按下了快门。

看来这张照片是与他相当亲近的人在一起时拍摄的。

"好奇怪啊。"奥利维娅一边努力记住照片上的那张面孔，一边问道。

"怎么了？"

"这家伙的师父不是已经倒戈帝国了吗？都拿到他的照片了，还杀不掉他吗？"

"不光有照片，我们连他住在什么地方都知道。"

"既然这样——"

"我们一开始也有这样的想法，可送去的特工全被抓住了，恐怕就是这个男人干的。"

原来如此，那个住处是陷阱啊。

看来这个人知道情报已经泄露，便干脆利用这一点，在住处设置了陷阱。

罗兰德用力地点点头。

"要是你遇上这个男人，马上联系我。"

"好吧，只要你出马，这么一个小国的特工——"

"不，这个男人和我不分上下。"

奥利维娅觉得难以置信。

她很清楚罗兰德超群的实力。在她知道的杀手中，罗兰德的技术是最强的。要说比罗兰德更强的特工，那恐怕只有"蛇"——不，奥利维娅觉得，比起那个她只在传闻中听过的特工团队，还是罗兰德更强。

"我觉得这是无法掌控的安排……他总算出现了，我不知道已经等多久了。"罗兰德面带陶醉的表情，"他有资格做我的对手。我从未碰到过能和我相比的家伙，一直觉得很没意思。"

"对手？他能做你这种高手的对手？"

"我有预感，我和他会打很久的交道。"

奥利维娅认为这或许是只有超一流特工才会有的直觉吧。

"篝火"这个词就是最好的证明。

它和罗兰德的代号"潭水"正好相反。

水与火互不相容。

罗兰德缓缓向奥利维娅伸出手臂。奥利维娅任由他搂住自己，和他亲吻。

"所以，你一定要当心这个男人，我心爱的人儿啊。"

罗兰德在奥利维娅耳边低语，并给了她一枚胸针。

因此，奥利维娅现在选择了逃跑。

她的身份已经暴露，不能继续留在乌韦的宅邸。

她冲进围着宅邸的森林中。幸运的是，这天晚上有月亮，对受过训练的特工来说，这样的光线足以帮助她逃跑了。只要穿过森林，翻过这座山，她就能活下来了。

总而言之，她不能和那个男人战斗。
因为对方是能与罗兰德抗衡的高手——

◇ ◇ ◇

"总而言之，不能和那个男人战斗，对方是能与'尸'抗衡的高手——"
"……"
"奥利维娅小姐肯定正这样想着……"
格蕾特轻声说道。
宅邸旁边，吉维娅和莉莉正一起聆听格蕾特的解说，她们周围还有火药的气味。乌韦不知道到底发生了什么事，正在庭院里困惑地叫喊，但她们现在顾不上理会他。如果被他发现，解释起来会很麻烦，于是她们贴紧墙边藏了起来。
"是这么回事啊。"
听了格蕾特的解释后，吉维娅都明白了，她感觉所有的点都连成了线。
回想起来，确实有让人觉得不对劲的地方。
"你好厉害啊……"
"谢谢夸奖……"
格蕾特向吉维娅微微低头道谢。
"啊？你们在说什么？"
莉莉跟不上她们的节奏，显得有些不知所措。
"你们说老师不在，那是什么意思？我们不是在这里看到老师好几次吗？萨拉也见过老师——"
"那全是格蕾特伪装的。"

吉维娅说出了真相。

除了扮演女仆和杀手，这位同伴还扮演了另一个角色。

"我们在宅邸周边看到的老师全是格蕾特伪装的。"

"啊……"莉莉睁大眼睛。

她虽然看穿过格蕾特的伪装，但无法看穿格蕾特的每一次伪装，难怪她会愣住。

最令人难以置信的是第一次袭击的时候，格蕾特扮演杀手用陷阱拦住她们，然后又好像没事人一样伪装成克劳斯救她们，简直天衣无缝。

"我真的没看穿，明明离得那么近。"

格蕾特把手放在自己的胸口。

"老大的呼吸、眨眼的动作，甚至每一根头发……我都记得清清楚楚。"

"你真的好厉害啊！"

"因为我……擅长女扮男装。"

"莫非还在记恨我？"

看到格蕾特有些难过，莉莉赶紧调侃道。

看来上次的问题给她们之间的关系留下了深深的疤痕。

"总而言之……老大现在应该在离这里很远的地方。"

格蕾特最后总结道。

克劳斯不在这里——吉维娅已经猜到了原因。

"他去对付杀手了吧？"

吉维娅把目光转向乌韦的宅邸。

"潜伏在这座宅邸里的不是'尸'，而是'尸'的帮手——奥利维娅。"

奥利维娅和"尸"明显不是同一个人。

她的外表和有关"尸"的报告书中记录的相差太多。她应该是"尸"的帮手。

这样想来，不难猜到克劳斯去了什么地方。

"老师把抓捕奥利维娅的任务交给我们，他自己正在和'尸'战斗，对不对？"

"是的。"格蕾特点点头。

莉莉的眼睛始终在滴溜溜地转。

"啊，这么说来，老师到最后还是一个人去挑战'尸'吗？他说选出四个人是骗我们的，最后他还是不依靠同伴——"

"他没有骗人，就是选出了四个人啊。"

吉维娅摇摇头。

毫无疑问，他选出了更优秀的四个人。

"那家伙带着四个人去对付'尸'了——是除了我们之外的四个人。"

"灯"中的另外四个人——蒂娅、莫妮卡、安妮特、埃尔娜不在这里。

看来留在阳炎宫的四个人才是真正被克劳斯选中的人。

这下就算是莉莉也明白到底是怎么回事了，只见她张大嘴愣住了。

好像要配合她的表情一样，吉维娅嘟囔道：

"说白了，就是把我们从执行任务的成员里剔除了。"

她的语气显得有些落寞。

另外四个人才是执行主要任务的成员啊。

克劳斯应该正和四名少女一起与"尸"展开激战吧。

为什么不够出色的这四个人会被选中？这或许就是这个谜题最直接的答案——她们就是因为不够出色才没有被选中，仅此而已。

"好极了。"

当她们得出这样的结论时，一个低沉的嗓音突然传来。

两人把脸转向声音传来的方向，发现是格蕾特发出了克劳斯的声音。

"是我。我事先拜托格蕾特带话给你们。搞得好像骗了你们，对不起。让潜伏在宅邸中的特工误以为我就在附近，是保护你们最好的方法，对敌人应该有牵制效果。"

正在说话的格蕾特就像录音机一样，用克劳斯的语气发出克劳斯的声音。

"很抱歉，不能带你们去执行任务。所以，我至少要把原因告诉你们。"

吉维娅和莉莉咽了一口唾沫，紧张起来。

如果不听到克劳斯亲口说出来，她们心里总有一个疙瘩。

"首先是吉维娅，她的右臂负伤了，我不放心带她去与'尸'战斗。如果她的身体状态没问题，我会选她，真的非常遗憾。"

"……"

"萨拉驱使动物的能力非常优秀，只是她本人的精神状态让人放不下心。我相信萨拉迟早会让她那超群的才能觉醒，不过现在带她执行任务还为时尚早。"

"……"

"莉莉就不用说了，太爱犯错，而且实力会随着状态大幅度变化。尽管她的爆发力和独有的意志力让人眼前一亮，但我认为她不适合对付'尸'。"

"……"

克劳斯指出的问题都一针见血。

吉维娅没有什么好反驳的，她咬着嘴唇，拼命忍着。

她觉得自己没有特别优秀的头脑，虽然克劳斯没有直说，但他肯定觉得受伤的她没有太大的价值。

在吉维娅旁边的莉莉也抿起嘴，她很少露出这么严肃的表情。想必她也有无法用言语表达的不甘。

她们没有被克劳斯选中。

摆在她们面前的现实让她们很难过。

吉维娅很想用言语把不知该如何发泄的感情吐露出来。

"不过，我当然不只是看到你们不够好的一面，就做出了这样的决定。"

格蕾特的声音突然变大了。

其他少女惊讶地抬起头。

格蕾特提高音量，似乎是在告诉她们接下来才是克劳斯真正想传达的话。

"你们四个人与同伴配合的能力非常强，通过与其他人的配合才能发挥出真正的实力。你们的敌人是'尸'的学生，她学会了他的技术。我判断，只有你们四人能在我不在的情况下对付这样的强敌，所以我才选出了你们。"

最后，格蕾特用克劳斯的语气坚定地说道：

"你们要在我不在的情况下击败杀手的学生，你们能做到。"

格蕾特恢复自己的语气,说:"这就是老大让我带的话……"

吉维娅从口中吹出一口气。

她不是在叹气,那是一声轻轻的笑。

她从克劳斯让格蕾特传达的话中感受到了他特有的诚意。他对她们的评语中没有用一个"凭感觉",他明明不擅长描述,却还是拼命地把自己的想法用言语表达了出来。

——也对啊……你就是这样的男人啊。

他看出她们还不合格,现在不在状态,冷静地分析,引导她们。

——所以我才决定留在你的团队里……

吉维娅觉得一股又一股暖流从心中涌出。

"哈!"她笑了一声,舔舔嘴唇,"这正是一个好机会。我们想执行任务,本来就是因为不想什么事都依赖那个家伙。要是没有那家伙,我们就连一个敌人都打不过,那怎么行?"

"是啊。一定要让他后悔没把天才莉莉带去!"

莉莉也接着吉维娅的话吹起牛来。

格蕾特感到奇怪,挑起眉毛。

"我本来……还以为大家会伤心呢。"

吉维娅和莉莉交换一下眼神,说出了同一句话:

"我们的斗志更旺盛了。"

克劳斯没有把她们选入抓捕"尸"的小组,不过从某种角度来看,这才是无上的信赖。

她们已经确认了现在的情况,接下来要做的就是行动起来。

她们不能放跑奥利维娅。

"我和莉莉去追,格蕾特,作战计划就拜托你了。"

吉维娅把目光转向另一位少女。

"还有……萨拉继续给它治伤。"

她向蹲在稍远处的那名少女下达指示。

萨拉没有回答。

她正在拼命给负伤的宠物治疗。

虽然距离不是非常近,但老鹰伯纳德确实被爆炸的冲击波击中了。它的翅膀不自然地弯折,手榴弹的碎片刺进了它的腹部。吉维娅看不出来它还有没有救。

或许现在还是不要向萨拉搭话为好。

就在吉维娅打算开始追击的时候,萨拉站了起来。她跑到吉维娅身边,把什么东西塞给了吉维娅。

"那、那个!这孩子叫约翰尼!它能追踪气味!"

那是一只小型犬,一身的毛发乌黑发亮。

萨拉流着眼泪,哽咽着说道:

"老、老师说得没错,我没有学姐们那么勇敢,现在也不想离开伯纳德。虽然没出息,但我现在能做的只有这些……"

"足够了。要不是有你,我们已经死了。"

吉维娅抚摸了一下萨拉的头,承诺会帮她报仇。

手掌下方的萨拉用力抹了一把眼泪,马上回到老鹰旁边。

"最后一个问题,格蕾特和奥利维娅互相看不顺眼吗?"

听到吉维娅的问题,莉莉也跟着说道:

"啊,我也觉得挺奇怪。"

吉维娅和莉莉已经看出她们之间似乎有什么矛盾。

格蕾特耸了耸肩说:"女仆长……问我她能不能收下老大。"

吉维娅和莉莉同时笑道:"那你可不能输给她啊。"

"让她了解一下自己几斤几两吧。"

她们也知道奥利维娅的那句话估计只是开玩笑。

想必正因为是玩笑话，才更加激怒了格蕾特。

克劳斯的信赖也好，萨拉的伯纳德被炸伤的事也好，还有格蕾特的感情问题，这些都比国家和任务更能点燃她们的斗志。

吉维娅和莉莉脱掉女仆工作服丢到一旁，换上偷偷带来的执行任务时穿的衣服。她们已经没有必要隐瞒身份，这身衣服比女仆工作服更方便活动。

"我们来证明一下吧，就算没有老师在，我们也是最强的。"

"居然伤害我们的同伴，我们得把这笔账算清楚。"

两名特工同时露出自信的笑容，朝森林奔跑过去。

◇ ◇ ◇

跑到山腰处后，奥利维娅停下脚步开始休息。

这里离乌韦的宅邸有一千多米，到了这里，就算"篝火"发现少女们死了，也已经无法追踪她了。

她停下来后，开始确认自己的装备。

她身上的装备只有烟、打火机、两把匕首和自动手枪，枪里有八发子弹。虽然这样的装备让人心里有点没底，但她是突然决定撤离的，能有这些已经很不错了。她决定走出森林，等风头过去后，在城里找个旅客抢到钱和护照，然后回帝国去。

她不想暴露自己，可是烟瘾占了上风。

就在她叼上烟点火的时候，耳朵听到了响动。

那是落叶被踩在脚下的声音。

或许是野猪，抑或是鹿。她紧张起来，左手握着匕首，右手举起手枪。

她听到了不同的脚步声，其中之一像是小动物发出的，紧随其后的好像是双脚发出的响声……

"不会吧——"

莫非是"篝火"来了？

她已经做好了最糟糕的心理准备，但出现在她眼前的人十分出乎她的意料。

"你好啊。"

来者是白发少女——吉维娅。

她身穿方便活动的衣服，从树后跳出来，不失时机地扣下手枪的扳机。

奥利维娅慌忙躲到树后，吉维娅的子弹打在了树干上。

"别逃嘛，奥利维娅小姐。"

奥利维娅看到吉维娅脚下站着一条黑色的小狗。

——她是追着气味来的啊，我大意了，没想到她居然带着动物。

不对，更重要的是……

"你们还活着？那个手榴弹你们是怎么躲……"

"我们有优秀的同伴。你应该看看我们有没有死再走啊。"

"确实……"

"莫非……你是害怕某个人，想尽快逃走？"

"……"

奥利维娅被说中了。

——看来她们看穿了我的意图。

"我们的老大没必要亲自来，你的对手是我。"

"那我还真是被看扁了啊。"

两人在茂密的常绿树森林中对话。

她们之间的距离大概是二十米，中间有几棵松树，正好形成了障碍。奥利维娅想展开枪战，可又不想把宝贵的子弹浪费在这样的少女身上。

她紧紧攥住匕首。

"我确实提防着你们的老大，那是因为罗兰德觉得他是一个高手。"

"罗兰德？"

"就是你们说的'尸'。不许你们再这样称呼他。"

刚才偷听她们说话的时候，奥利维娅就觉得很不愉快。

她不能原谅别人那样称呼罗兰德。

"这么大方地把他的名字告诉我啊？"奥利维娅听到从树后方传来吉维娅的笑声。

"是啊，没问题，因为我接下来要干掉你。"

奥利维娅放低重心。

"罗兰德没有对我说连猖狂的小丫头也要当心。"

烦人的白发女，笨手笨脚的银发女，阴郁的红发女，这几个女人都让奥利维娅厌恶想吐。她可能正想要这样的机会。

"去死吧。"

说完这句话，奥利维娅从树后冲出来，对着吉维娅藏身的地方开枪。

吉维娅马上开枪还击，奥利维娅凭枪声掌握了吉维娅的准确位置。

她眨眼间冲到吉维娅附近。

在她冲刺的过程中，吉维娅又开了两三枪，但她一直沿着树木之间的缝隙跑动，吉维娅的子弹都被遮蔽物挡住，只有破碎的树皮蹭到了她的脸。

奥利维娅只在示威时用了一发子弹，她觉得杀一个小丫头用不着浪费更多的子弹。

"罗兰德是最强的杀手。"奥利维娅微笑着,"我可是他的学生,学会了他的技术。"

她把枪收进腿上的枪套中,腾出一只手。

奥利维娅已经冲到了吉维娅的面前,可是吉维娅依然用枪口指着她。她们之间的距离已经近到不适合用枪,还举着枪是外行才会犯的错误。

奥利维娅用匕首打飞吉维娅的枪。

紧接着,她不失时机地把空出来的拳头挥向吉维娅的脸。吉维娅那没多少重量的身体马上倒下,沿着山坡滚了下去。

奥利维娅感觉到自己这一拳打得相当结实。

——果然不难对付。说到底只是一个小丫头,还不习惯特工之间的格斗。

时间不多了,她得赶紧用匕首干掉吉维娅。

吉维娅的脑袋似乎撞到了地上,她无法起身,痛苦地呻吟着。她按着脸抱怨道:"可恶,估算错了。"

奥利维娅一跃而起。

她把匕首挥向吉维娅那纤细白嫩的脖子。她甚至产生了幻觉,觉得自己看到了几秒后少女一命呜呼的场景。

就在这时,奥利维娅听到了一个冷冷的声音:

"你比我想象的慢好多啊,奥利维娅小姐。"

吉维娅消失了。

奥利维娅的匕首没有击中目标。

——啊?

她觉得脑子短路,并不是因为她的必杀一击被躲开而感到惊讶,而是她的身体有一种不对劲的感觉。

她感觉自己的身体好像消失了——

就在她搞不清楚状况的时候，身体已经浮在空中。她的腿被扫中了。

她伸出手想撑住地面做一个滚翻，可手伸到一半便被攥住。她没办法挣脱，就这样被敌人攥着手臂，一屁股摔在地上。

"你全身都是破绽。"

奥利维娅听到一个冷冷的声音从自己头顶传来。

——糟了。

就在她这么想的时候，敌人放开了她的手臂。紧接着，她感觉到匕首正在靠近她的左肩。她一扭身勉强躲开匕首，可是匕首依然划过了她的后背。她觉得后背火辣辣的，那是出血带来的痛觉，这一下虽然算不上重伤，可是也不算轻。

奥利维娅慌忙拉开和吉维娅之间的距离。

她的敌人没有马上追上来，脸上露出从容不迫的表情。

"可能是因为最近刚见识那家伙使出真本事吧，我觉得你好慢。"

"……"

奥利维娅忍不住咬住嘴唇，但她马上松开牙。

——没必要为这样的小丫头动气，想对付她太容易了。

吉维娅的速度让奥利维娅吃了一惊，但她还不至于因此头脑发热。

——只要拉开距离，有利的就是我。我故意收起枪，想用格斗来解决问题……看来这步棋走错了。

同一招不会再对她生效。

最重要的是……

——如果我再拉开距离，你没有枪，打算怎么赢我？

奥利维娅本打算节约子弹，可这也是没办法的事。

她向后跳去，拉开和吉维娅之间的距离。

她逃到了能用枪而不是用匕首作战的距离，可是，她太大意了。

奥利维娅想拔出枪套中的枪时，她的手扑了个空。

"啊？"

"抱歉，你大腿上的手枪——"她看到吉维娅的脸上露出坏笑，"我已经偷到手了。"

她的左手握着奥利维娅的自动手枪。

吉维娅毫不犹豫地扣下扳机。

◇ ◇ ◇

莉莉独自一人奔跑在森林中，向枪声的方向跑去。

"我们两个一开始说得那么好，没想到她居然会丢下我。"

莉莉和吉维娅同时出发，可眨眼间就被吉维娅甩开了。她们的体能差距太大了。

然后，吉维娅就独自开始了与奥利维娅的战斗。

——看来她劲头十足。如果只论格斗，她确实非常厉害……

吉维娅运动神经发达，而且是一个盗窃高手。

她的格斗术在少女当中是最强的，只要能和敌人一对一，她就能大显身手。

她是"灯"的战斗专员。

只要不是克劳斯和吉德那样的怪物，她就不会吃亏。

"那个白发大猩猩，只要是用蛮力的事，就能大放异彩。"

要是被吉维娅本人听到这句评语，莉莉肯定会挨揍。

她开始思考吉维娅能做的事她是不是也能做到。

"我还是……允许她做我的左膀右臂吧。"

她做出这样的决定。

——闭嘴。

她脑海中的吉维娅如此吐槽，但她选择无视。

◇ ◇ ◇

子弹擦过奥利维娅的右脸颊。

吉维娅在奥利维娅最骄傲的脸上留下了伤口，怒火让她觉得浑身发烫，可是她必须冷静下来。现在她正处在生死关头。

她和吉维娅之间的距离太远，无法用匕首与吉维娅战斗，可是这个距离想躲开子弹又太近了。

这个距离对她来说是最糟糕的。

奥利维娅背对吉维娅，全速向大树的方向跑起来。她为避免被瞄准，呈弧形奔跑，尽可能让子弹无法击中她。她脚边的泥土和耳边的树枝接连被子弹打得弹飞出去。

奥利维娅费尽心思省下子弹，而吉维娅用得毫不吝惜。

吉维娅大概是想趁现在分出胜负吧，如果是奥利维娅，她也会这样做。

奥利维娅把罗兰德教给她的所有技术都用在了逃跑上。

"啧……"她听到背后传来吉维娅咂舌的声音。

吉维娅射出最后一发子弹时，奥利维娅正好藏到大树后面。

结果，只有第一发子弹擦到了奥利维娅的脸。

——射击技术很差？她的运动神经明明那么好。

九死一生后，奥利维娅松了一口气，同时产生了疑问。

如果她和吉维娅换位，她肯定能干掉吉维娅。

可是，吉维娅又没有理由故意放她逃走。

——有点不对劲……

奥利维娅已经察觉到有古怪。

——这么说来，这家伙刚才为什么放开我？

奥利维娅想起了她冲向吉维娅时的情景。

当时吉维娅抓住她的胳膊，她陷入极其危险的状态。可是吉维娅挥匕首的时候，不知为何放开了她的手臂。

"正如你不可能随时处在最好的状态，敌人也不一定处在最好的状态。"

奥利维娅想起罗兰德的教诲。

"你可以记住敌人喜欢用哪只手。"

从战斗开始到现在，吉维娅一直用的都是左手。

奥利维娅的嘴角翘起来。

她从大树背后走出来。

吉维娅手中的枪应该没有子弹了，她没什么好怕的。

就算枪里还有子弹，奥利维娅也不觉得吉维娅有射中她的能力。

"做女仆的时候，你巧妙地隐藏起来了啊。"

奥利维娅对紧绷着脸的吉维娅笑起来。

"你的惯用手是右手吧？莫非是负伤了？"

"……"

看到吉维娅的反应，奥利维娅确认自己猜对了。

——现在的吉维娅，无法全力以赴格斗。

奥利维娅不会再大意，也不用再担心子弹了。

现在她只要从容地把猎物逼入绝境就好。

吉维娅带着十分不甘心的表情,把手枪扔在地上,左手举起匕首。可是,她似乎不打算冲上来,只是侧着身向后退去。

奥利维娅追上去,开始用匕首与吉维娅交战。

紧接着,她一脚踢向吉维娅的腰眼。这一脚其实用右手就能挡住,吉维娅却发出惨叫声。

"来啊,我不是很慢吗?"

"……"

"让你嘴硬!"

奥利维娅把匕首刺向吉维娅的脸。

吉维娅赶忙举起匕首阻挡,但奥利维娅把匕首打飞了。

"哎呀,真遗憾,你还有武器吗?"

"用不着担心。"

吉维娅向后退去,脸上露出笑容。

"我已经偷到手了。"

她把手伸进口袋里,掏出奥利维娅的备用匕首。

看来她又是在眨眼间偷走的。

"小毛贼……"

这样一来,奥利维娅的武器就只剩下她手里的那把匕首了。

不过,她觉得没什么好担心的。

形势已经逆转,她不可能在格斗上输给吉维娅。

吉维娅的右臂只能做假动作,只要知道这一点,就没什么好怕的。

"就算偷到武器也没区别,你是赢不了我的。"

"看来到该撤退的时候了啊……"

吉维娅吐了一口唾沫,跑向后方。看来她打算逃跑。

奥利维娅只犹豫了一秒便选择追上去。

她已经改变了对吉维娅的评价。这个小姑娘有朝一日可能成为帝国的威胁，只要某人有可能成为她恋人的障碍，她就要除掉此人。

"那边是悬崖。"

"什么……"

吉维娅逃走的方向有一道断崖。

松树全部消失在身后的时候，视野一下子变得开阔。奥利维娅已经把实力不如自己的吉维娅逼到这个地步，除掉她简直易如反掌。

"你们没有事先调查清楚吗？"奥利维娅不屑地笑起来，"'详细掌握任务地点的地形'——我的老师是这样教我的。"

"我的老师教我的是'要像疼爱婴儿一样爱任务地点'。"

"什么意思？"

"我还想问呢。"

吉维娅向悬崖下看了看。

从高度来看，这道悬崖应该可以用绳索降落下去，可是吉维娅没有准备工具。

"你们的老师不爱你们啊。"奥利维娅笑了起来。

"啊？"

"我和那个阴郁女说话的时候就感觉到了。"

"我还是问一下吧……你说的是格蕾特？"

"你们没有得到一点爱。"奥利维娅把手放在自己的胸口，"罗兰德把他所有的技术教给了我，而'篝火'教了你们什么？"

"我想不出具体的例子啊……"

"那么，他抱过你们吗？"

"啊？不要让我进行奇怪的想象！"

"罗兰德抱过我无数次，他向我倾注爱，把技术灌输给我，给我我想要的东西。我学不会的时候，他会不厌其烦地教导我，指引我，纠正我的错误。"

那是少女们从克劳斯那里得不到的教育。

奥利维娅倾斜了一下身体。

"正因为老师爱我，所以把感知杀气的技巧也教给了我。"

她的话音刚落，枪声响起，子弹从她的身旁划过。

举着枪的莉莉从森林中露出脸。

"要不然怎么说天才都会很辛苦呢？"

看来莉莉也还活着。

这样看来，恐怕格蕾特也还活着。

"没想到你居然也是特工。"

"你好，我是假扮女仆的莉莉。"

莉莉用右手握着枪，左手攥着什么东西。

在夜色下，那东西反射着月光。

那是一根十厘米长的针，针尖滴着液体，恐怕涂了毒。

"好，接下来我要使出真正的本事，让你看看最强组合的实力。"

莉莉开心地笑起来，吉维娅也举起匕首。

奥利维娅知道这两名少女平时就很要好，她们之间的配合一定很默契。

不过，她不觉得自己有问题。

罗兰德可是教过她的：

"如果是一对二，你应该站到会被前后夹击的位置上。"

奥利维娅站到吉维娅和莉莉之间的直线上。

莉莉的表情变得严肃起来。

这下她就无法用枪了。如果她没有命中奥利维娅，子弹就有可能击中吉维娅。

奥利维娅接下来只要用格斗术让她们看看实力差距就行。

她认为按照夹击的惯常做法，她们应该会同时扑向她。

"上！"莉莉叫了一声，吉维娅回应道："噢！"

两人一唱一和。

先动起来的是吉维娅，她用没有受伤的左手握着匕首，扑向奥利维娅。她的速度很不好对付，但奥利维娅知道她不能用右臂，自然有办法。

奥利维娅站在吉维娅的正面，接住了她的攻击。

可是这一击比奥利维娅想象的力道更大，或许是吉维娅用上了浑身的力量。奥利维娅的匕首被打飞了。

"有破绽！"

莉莉故意告诉奥利维娅有破绽，同时从背后冲上来。

她的攻击没有吉维娅那么犀利，奥利维娅只要闪开就行。

"咦？"

"啊！"

少女们似乎没能理解眼前的现实。

莉莉的针深深刺进了吉维娅的大腿里。

吉维娅的脸色马上变得难看。

"你这……白痴……"

看来莉莉的毒针毒性非常强。

吉维娅全身冒汗，身体开始痉挛，眼睛也变得空洞无神，腿渐渐站不住了。

"你刺到你的同伴了。"奥利维娅笑起来,"这是我这辈子见过的最糟糕的配合。"

她甚至开始可怜这两名少女。

奥利维娅从容地一脚踢中莉莉的下巴。

莉莉手中的针散落在地上。

奥利维娅捡起一根针,用指尖摸了摸针尖。

她的皮肤马上肿了起来。

"这毒好厉害啊。"

她要是中了这毒,恐怕会马上倒下。

"我的武器正好被偷走了,我就用它吧。"

"还、还给我——"

"我会还给你的。"

奥利维娅把毒针刺进莉莉的手臂。

莉莉就像刚才的吉维娅一样变得面无血色,呼吸也急促起来,腿也开始发软。

"给、给我水……"

她嘟囔着。

"想逃就逃吧,那边是悬崖。"

她们根本不是奥利维娅的对手。

莉莉靠在同样神志不清的吉维娅身上,随后,两人一起掉落悬崖。

奥利维娅探头看向悬崖下,想确认两个敌人死了没有。可是夜色太深,她看不到。

不过,这次应该用不着确认。

中了毒性那么强的毒,还从几十米高的悬崖上掉下去,没有人还能活着。

她们肯定已经一命呜呼了。

战斗结束,以奥利维娅的完胜告终。

——不过,好奇怪啊……

处理完两名少女后,奥利维娅又觉得事情有些蹊跷。

——为什么赌上命来和我战斗的是这两个少女,而不是"篝火"呢……实力差距这么大,她们只能白白送命啊。

奥利维娅本来推测那个叫"篝火"的男人就潜伏在附近,然而……

"第一次看到'篝火'的那天……不在场的人……擅长伪装……适合穿男装的体形……"

奥利维娅没有花多少时间便得出结论。

"'篝火'不在这里。"

既然这样,她没什么好怕的。

——原来如此……目的是吓唬帝国的特工啊……

谜底揭晓后,奥利维娅只觉得好笑。

她开始觉得落荒而逃的自己很难为情,差点就信以为真了。

"我一定要干掉你,阴郁女。"

莉莉和吉维娅已经死了,她只需要干掉格蕾特就行了。

这样一来,就没有人知道她的秘密了。

奥利维娅决定去和那个红发小丫头分个高低。

◇ ◇ ◇

两名少女躺在悬崖下。

白发少女的舌头耷拉在嘴边,翻着白眼倒在地上。她不时痉挛，还有活着的迹象，但痉挛的间隔也越来越长。

旁边的银发少女身体一动不动。她仰面朝天，像睡着似的双眼紧闭。毒针依然深深刺在她的手臂上，不过——

"嘿咻。"

银发少女莉莉坐起来。

她确认没人看到后，开始处理倒在旁边的搭档。莉莉取出解毒剂，给白发少女注射，然后硬生生把水灌进白发少女的喉咙里，没轻没重地拍打她的脸。

"呀！"

白发少女吉维娅醒了过来。

"啊！我还以为要死……"

刚喊了一声，她就趴在地上开始呕吐。她的膝盖还在痉挛，看起来无法站立。

"这其实是让人进入假死状态的毒，不要勉强自己的身体。"

吉维娅吐出胃里的东西，问道："你呢？"

"我事先喝了解毒剂，再说了，我本来就有抗性。"

莉莉比了一个胜利手势。

"不过……就算我有抗性，现在也动不了。"

莉莉对毒有抗性。是她抱着从悬崖上落下的吉维娅，帮助吉维娅安全落在地上。落下去时，她把钢丝绳挂在岩石上，减缓了下落的速度。

"谢谢，像刚才那样战斗下去，我肯定会被干掉的。"吉维娅接过水，一口气喝下去，"你可真行啊，连给同伴用的毒都准备好了。"

"是前段时间我误将毒针刺中老师的时候想到的。"
"好可怕的契机!"
说完,吉维娅瞪着悬崖上方。
"看来成功骗过她了。要是能让她受更多的伤就好了。"
"嗯。和我们计划的一样,奥利维娅小姐已经回宅邸去了。"
莉莉和吉维娅完美地完成了任务——
和奥利维娅战斗,死在她的面前。

吉维娅偷走了奥利维娅所有的武器,让她用莉莉的毒针。看到少女们被毒针刺中后从悬崖上摔下去,这次她一定会认为少女们已经一命呜呼。

同时她也会发现,克劳斯并不在这里。

"她居然没有看穿。就算我再笨,发动偷袭的时候也不会喊'有破绽'啊。"
"你有时候会喊的。"
"看来平时我装成冒失姑娘给她留下的印象起了作用啊。"
"你没有装吧?"
吉维娅一边有一搭没一搭地吐槽,一边坐起来。
她们已经完成了任务,接下来就交给格蕾特了。
她们现在是"死人",无法抛头露面,只能祈祷同伴成功。
"我说……格蕾特真的不要紧吗?"
吉维娅看着坐在旁边的莉莉。
"那家伙不擅长格斗吧,她打算怎么赢奥利维娅啊?"
格蕾特是头脑派,运动能力并不优秀。在"灯"中,格蕾特的格斗术排名相当靠后。
如果硬碰硬,格蕾特不可能战胜奥利维娅,只会被干掉。
"嗯——我觉得应该不用担心吧?"

没想到莉莉回答得相当轻松。

"我说你啊,"吉维娅感到愕然,"又说这种不负责任的话。"

"因为她的决心和我们不一样啊。"莉莉嘟囔道,"制订计划、指挥作战、指导我们,为我们提供精神支柱,还要完成干掉目标的收尾工作……她扮演着老师的角色,独自承担这些任务。既然她有这么强的决心,我觉得她不可能会输。"

吉维娅攥紧拳头。

她当然明白格蕾特的决心。

格蕾特要做的是世界最强特工的替身。

她居然会想出这种难以置信的点子,吉维娅只觉得佩服。

"我当然知道那家伙很厉害。"吉维娅说道,"最后她还是把自己搞得疲惫不堪啊,她本来体力就不行。"

要不是莉莉帮忙按摩,格蕾特随时可能累得倒下。

可是,格蕾特坚定地说:

"只要奥利维娅小姐回到宅邸,我就会直接和她分出胜负。"

她打算拖着那筋疲力尽的身体单枪匹马挑战奥利维娅。

莉莉重重地叹了一口气,说:

"我们现在需要做的,就是相信我们的参谋。"

说完,她把视线转向宅邸所在的方向,露出温柔的微笑。

"请你大显身手,得到老师的夸奖,还有老师的爱吧。"

◇ ◇ ◇

格蕾特也听到了森林里传来的枪声。

第四章 爱意与暗杀

她知道那一定是吉维娅她们在战斗。

虽说实力还是未知数,但对手毕竟是现役特工。奥利维娅和她们这些提前离开特工学校的人不一样,毫无疑问是个难对付的敌人。

最理想的是吉维娅击败奥利维娅,但恐怕不可能。格蕾特觉得自己本来不该让带伤的吉维娅去战斗,可她毫不推辞,勇敢地接受了这个挑战,格蕾特很感谢她。

——奥利维娅就要来了。

格蕾特已经做好了对付她的准备。可是,不管有多么自信,心中的不安还是不会消失。

——这就是老大背负的责任……

她代替克劳斯制订作战计划。

她代替克劳斯向同伴下达指示。

她代替克劳斯面对敌人。

扮演克劳斯到现在,她感受到了克劳斯承担的责任。

每一项都是重担,仿佛要把她压垮。

——要是能丢下一切逃掉……那该多轻松啊。

格蕾特紧握着她当成护身符的钢笔,脑海中响起她与他的对话。

"敌人是凶残的杀手,为降低风险,我必须带四个优秀的人去。你要带上剩下的三个人,找出'尸'的帮手,然后将其击败,你能做到吗?"

听到克劳斯的问话,格蕾特马上回答:"我愿意接受。"

因为她早就做好了心理准备。

她要成为老大能依靠的人。

可是,她现在动摇了。

她的心底深处溢出无限的恐惧。

——我害怕。

格蕾特希望克劳斯能在她身边,希望克劳斯能保护她,能帮助她。

她抱着自己颤抖的肩膀,希望克劳斯能一直在她身边。

——我现在……就想马上逃走……

不过,让她还在坚持的,也是克劳斯的话。

"你可以逃。"

当时他面色平和地说道。

"到时候我会自己完成任务。虽然没有想出具体的做法,但我一定能想出来,没有问题。只要把睡眠时间缩短到两小时,没什么——"

格蕾特无法听他继续说下去,摇了摇头,说:

"我……不会逃。"

格蕾特鞭策着自己,让打退堂鼓的自己振作起来。

——要是我现在选择逃避,老大一定又会勉强自己……

这一点是显而易见的。

为了不让同伴牺牲，为了保护家人心爱的祖国，他会独自一人承担起一切。

就算自诩世界最强特工，他也只是一个人，过于勉强迟早会出问题。

最后他会送命，就像他以前的同伴一样。

——所以……我绝对不能逃避。

不管是什么样的对手都无所谓。她和克劳斯已经约定好了。

"能答应我一个要求吗？"出发执行任务前，格蕾特提出了一个要求，"如果完成了任务，能请老大抱抱我吗？"

克劳斯皱起眉头。

他似乎不知道该怎么回答才好，烦恼起来。格蕾特很少见到他露出这样的表情。

格蕾特微笑起来。

"请不要想得太复杂，我只是想要一句能激励我的话……"

克劳斯马上明白了格蕾特的意思。

"明白，我答应你。"

克劳斯用真挚的目光看着格蕾特，说道：

"当你活着回来的时候，我会紧紧抱住你的。"

这句话让格蕾特的心底涌出无限的勇气。

她觉得双腿不再颤抖。她攥紧钢笔，抬头挺胸，紧盯前方。

咔嗒，格蕾特听到了脚步声。

回想被打断了。

格蕾特转过头去，看到了奥利维娅。

奥利维娅手中握着一把小小的匕首，站在屋顶。

"怎么？看你这样子，好像正等着我来啊。"

格蕾特交给吉维娅的任务，是偷走奥利维娅的所有武器。她不觉得是吉维娅没完成任务，想必是奥利维娅回房间里拿来了备用武器。

奥利维娅露出从容的微笑。

"吉维娅和莉莉，已经被我干掉了。"

格蕾特认定一切都和自己计划的一样。

尽管她没有办法确认这一点。

"只要我把你干掉，就没有人知道我的秘密了。"

"不好说吧……说不定我已经把真相告诉乌韦先生了……"

"无所谓，想骗那个老头子太简单了。"

奥利维娅舔了舔她那性感的嘴唇，反手握住匕首，向格蕾特走去。

格蕾特调整好自己的呼吸。屋顶无处可逃。

——给这个任务画上句号的时候到了。

克劳斯会和"尸"战斗，并且获胜。

她也不能在这里失败。

"来吧。"奥利维娅放低重心，"来和我厮杀吧。"

"和我计划的一样……"

格蕾特把钢笔收进怀中，从怀里取出自动手枪。她比较娇弱，用的手枪也比其他少女的更小一点。拉开保险后，格蕾特马上扣下扳机。

可是，奥利维娅的动作更快些。

第四章 爱意与暗杀

她飞快地投出匕首，匕首击中了手枪的侧面。这一击十分精确，格蕾特射偏了，子弹飞向另一个地方。

看到奥利维娅冲向自己，格蕾特启动陷阱。箭从奥利维娅视野的死角飞向她，而且几乎没有发出声音。习惯枪声的敌人肯定听不出那是什么声音。

"没用的。"奥利维娅不屑地笑了。

她闪过身，躲开了从背后飞来的箭。

箭没有击中目标，飞向夜色之中。

格蕾特呻吟起来。

敌人能察觉到杀气，这是克劳斯那种一流特工才会有的能力。要想击败这样的特工，只能用奇袭，或者使出就算对方感知到杀气也无法躲开的一击。

陷阱没能成功发挥作用，接下来就是肉搏战了。

奥利维娅到了能攻击到格蕾特的距离，格蕾特把枪翻转，像握住锤子一样，用枪柄砸向她的头部侧面。

可是奥利维娅的动作更快，她的踢击已经命中格蕾特的侧腹。失去平衡后，格蕾特还没来得及站稳，胸口又挨了一拳。

格蕾特手中的枪掉了，她趴倒在屋顶。

她们的战斗力根本不是一个级别的。

奥利维娅的所有动作都很快，不管格蕾特怎么行动都无法影响她。

格蕾特开始做一个动作的时候，奥利维娅已经完成了下一个动作。

她们之间的实力差距太大。

当格蕾特抬头想起身的时候，奥利维娅已经到了她的面前。

奥利维娅掐住她的脖子。

格蕾特无法呼吸，不禁呻吟起来。

她抓住奥利维娅的手臂，可是奥利维娅使出的力量丝毫没有减弱。她试着踢腾双脚挣扎，可是毫无效果。

"太弱了，真让我失望。"

奥利维娅毫不留情地掐紧格蕾特的脖子。

"硬碰硬怎么可能赢过实力强于自己的人，你连这都不知道吗？"

"……"

"啊，对啊。你的老师什么都没有教你啊，真可怜……"

说到这里，奥利维娅放开了手。

格蕾特摔在屋顶上，剧烈地咳嗽起来。她差点就窒息了。

格蕾特马上把手伸向掉落在屋顶上的手枪，可是奥利维娅一脚重重地踩在她的那只手上。

"我说，你不是擅长伪装吗？"

奥利维娅用鞋子碾着格蕾特的手背。

"我想听你说说，你打算怎么凭伪装战胜我？面具戴得再快也得花十秒，而且在这十秒的时间里无法用手。不管怎么想，这种能力在格斗战中都用不上吧？像你这种类型，和敌人一对一，马上就会输啊。"

奥利维娅捡起格蕾特的手枪。

格蕾特就这样失去了她唯一的武器。

"不过，没关系。我很善良，给你最后的机会。"

奥利维娅毫不犹豫地把枪口指向格蕾特。

"跳下去吧。"

"跳……下去？"

"没错，马上从屋顶跳下去。"

格蕾特还没来得及反驳，奥利维娅就已经用枪口指着她，揪起她的领子，硬生生把她揪到屋顶边沿，把她推向屋檐。

格蕾特差一点掉下去，勉强站住了脚。

下面就是铺着砖的庭院，而屋顶的高度大概超过了十米。

"这不过是一座三层的房子，运气好是不会摔死的。"

"你的意思是……要把我的死伪装成自杀吗？"

"我要把杀死莉莉和吉维娅的罪责推到你身上，这样我就好办多了。"

格蕾特感觉到了后背的枪口。

那枪口就在她心脏的正后方。虽说这把手枪威力很弱，但在这么近的距离足以杀死她。

"我让你自己选。是在这里被我开枪打死，还是怀着一线希望跳下去？"

"让我选……"

"举起双手来，向前迈出一步，如果你不服从，我就开枪。"

奥利维娅轻车熟路，看来她不是第一次说这番话。

如果反抗就会被枪杀，如果跳下去或许还能活下去——

被逼着做出这样的选择，不管是谁都会选择后者。摔死就会被当成自杀处理，死者被暗杀的事实就会被永远埋葬——

"尸"和奥利维娅一直是用这么残酷的手段进行暗杀的。

"唔……"格蕾特忍不住呻吟起来。

她咬着嘴唇，举起双手。

她表示自己不打算反抗，朝屋檐前方迈出一步。

奥利维娅依然紧紧跟在她身后，没有让枪口离开她的后背。

"没错，这就对了。"

奥利维娅似乎不打算放走格蕾特。

格蕾特只要再向前迈出一步，就会从屋檐上掉下去。

她会重重地摔在砖地上，变成一具尸体，骨头和内脏都会摔碎。

奥利维娅说有一线希望，但其实那种可能性近乎零。

如果格蕾特跳下去，根本无法缓解落地的冲击。就算她耍什么小花招，也会被身在屋顶的奥利维娅开枪射杀。

"恭喜你啊。"格蕾特背后的奥利维娅笑起来，"你要是死了，一定能得到老师的爱。我也会作为你的女仆长参加你的葬礼，向出席者们讲述你作为女仆工作得多么认真。"

看来奥利维娅已经开始考虑她死后的事了。

想到这里，格蕾特摇摇头。奥利维娅说的完全不对。

"我就算死……也得不到老师的爱。"格蕾特的嘴唇十分自然地动起来，"老大对我……没有特别的感情，我早就知道了。"

"真是一个可怜的姑娘啊。"

奥利维娅这样说着，语气中带着怜悯。

格蕾特又摇摇头。

不对，克劳斯已经答应，只要她能活着回去，就会紧紧抱住她。

"所以……我不能死……"

她要是死了，就什么都得不到了。

死对她来说不是救赎，不是希望。死不会给她带来欢乐的结局，也不会让她抵达乐园。

她必须活下去。

就算要面对多么艰巨的任务，就算要面对无从逃避的未来，她都要活下去。

——她要活到得到爱为止。

"为了让老大抱我……我必须活下去。"

"可是很遗憾,你就要死在这里了。不管你怎么挣扎,也赢不了我!"

奥利维娅用枪口推了推格蕾特的后背。

格蕾特的身体向前晃了一下。

"好了,快点从这里跳下去吧!"

格蕾特感觉身体飘向空中,旋即又被地面吸过去。

紧接着,她听到了——

枪声响起。

她马上翻转身体。

子弹擦着她的肩膀飞了过去。

她的衣服被子弹击穿,布片散开。

"啊……"奥利维娅发出惊讶的声音。

子弹击中了奥利维娅的锁骨。

她的身体倒向后方。

落下去的时候,格蕾特伸出手抓住了屋檐。要是再慢一点,她就摔死了。回到安全的地方后,格蕾特看向敌人。

大概是子弹击碎了骨头,奥利维娅的肺和喉咙受到压迫,口中流出鲜血,倒在屋顶上。她用被血染红的手拼命按着胸口,可是伤口还是不停向外流血。

这是逆转局面的一击。

"为……什么……"

奥利维娅趴倒在地上,低声嘟囔着。
——我明明能感知到杀气。
她大概是想这样说吧。
格蕾特她们在袭击克劳斯的过程中发现,奇袭对一流特工是无效的。一流特工能敏锐地察觉到杀意、恶意、敌意,甚至是善意。
不过,应对的办法还是有很多。
"和我计划的一样……"
格蕾特低头看着奥利维娅。
"没想到这么轻松就解决问题的是我……我还准备了其他对策,没想到你居然选择让目标从高处落下摔死这种'尸'用得最多的手段。"
"啊,对啊。"格蕾特模仿着奥利维娅刚才嘲笑她时的语气,"你只会做别人教过你的事啊。"
"啊……"奥利维娅吐出一口血,"为什么没有杀气……"
"你很快就明白了……"
就在格蕾特说话的时候,她们听到庭院里传来喊声:
"又逃掉了啊!卑鄙的杀手!"

那是乌韦叫骂的声音。
看来他没能实现自己的愿望,正在生气呢。
听到乌韦的声音,奥利维娅慌忙抬起头,随后,她惊愕地瞪大眼睛。
"当然没有杀气……因为那子弹是冲着我来的……"
格蕾特轻声对奥利维娅说。

"代号'爱女',笑叹人生的时刻到了。"

格蕾特把奥利维娅的眼睛当成镜子,打量自己现在的模样。

她的脸上有一大块黑斑。

那块骇人的黑斑覆盖了她的脸,让见者心怀厌恶和不悦。她现在的外貌就像恶魔一样可怕。

奥利维娅惊讶地呻吟道:"你做了伪装?"

她的眼睛中带着厌恶,大概是近距离看到那块黑斑,被吓到了吧。

这就对了。

给人以看过一次就永远忘不掉的负面印象——就是这块黑斑的意义。

乌韦肯定也是一眼就记住了这块黑斑。

"我伪装成杀手出现在乌韦先生面前两次,不只是为了把你诈出来,也是为了让乌韦先生能毫不犹豫地对我开枪……"

格蕾特前两次伪装成杀手的时候,发现乌韦已经能进行精准的射击。

第一次时乌韦有夜盲症,射击能力没有完全发挥出来,不过在吉维娅的调理下,他的视力一直在恢复。第二次时,格蕾特确信了乌韦的射击能力。

接下来她要做的就是诱导乌韦,让他在看到脸上有黑斑的人后,下意识地扣动扳机。这时她只要闪身,子弹自然会击中她身后的奥利维娅。

这就是改良版的"没有恶意的毒针"。

格蕾特修改了对付克劳斯时失败的计划。

不赶走在场的人，而是把在场的人都利用上。
别说恶意了，让目标连善意都感觉不到。
就这样，格蕾特完成了她的计划——

她制造出了没有恶意、善意和杀意的完美的子弹。

"这怎么……可能……"
奥利维娅似乎还是无法接受现实。
"你指的……是什么？"
"你伪装的速度太快了！你举起了双手，应该什么都做不了！我没有给你戴上面具的机会啊！"
伪装的速度再快，也得消耗十秒。这是奥利维娅说过的话。
看来就是她认定的常识固化了她的思维。
奥利维娅叫喊着，嘴里飞出唾沫星子，就好像她觉得这样叫下去，眼前的现实就会消失一样。
"你为什么……认为我做了伪装？"
格蕾特平静地问奥利维娅。
奥利维娅张着嘴，愣住了。
看到她的表情，格蕾特确定她误会了。想必她看穿了格蕾特伪装成杀手，有时还会伪装成克劳斯，所以掉以轻心了。
奥利维娅下意识地认定一点——
平时格蕾特没有伪装。
奥利维娅一点都没有察觉到自己被格蕾特误导了。
"我现在没有伪装，正相反，我解除了伪装的状态。"
"解除？"
"如果只是摘掉面具，眨眼间就能完成吧？"

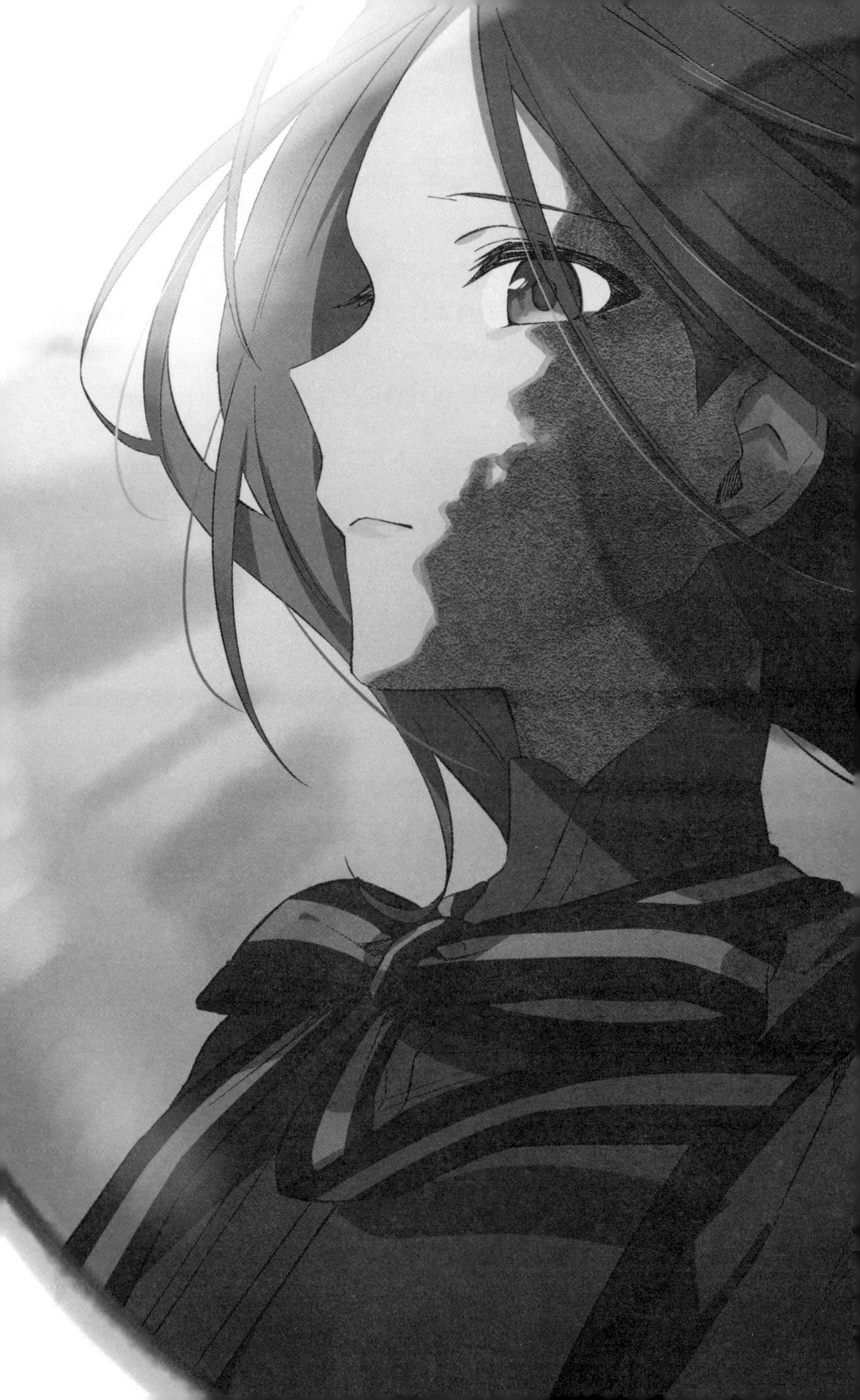

她要做的就是像用牙咬嘴唇一样把面具咬破，不需要动手就能完成。

奥利维娅的眼睛瞪得更大了，似乎终于明白了真相。

那块瘆人的黑斑覆盖着格蕾特的脸。

看到它的第一眼，奥利维娅就轻声嘟囔"恶心"，乌韦甚至直言"丑陋"。就连吉维娅和莉莉也皱起眉头，露出畏惧的表情。

所有人都讨厌那张脸上的黑斑。

那脸上的黑斑会让所有看到它的人心怀厌恶，印象深刻。

格蕾特用手指着她那张带有黑斑的脸，笑了笑，然后叹息着说：

"这就是我的本来面目。"

格蕾特生下来脸上就带着黑斑。

随着格蕾特渐渐长大，那黑斑也像诅咒一样越变越浓，越变越大，遮住了她的脸。

她之所以无法融入社交界，不是因为男性恐惧症，而是因为这块黑斑。

政界要求女性拥有美貌，因而没有她的一席之地。

格蕾特连露出一个纯真的笑容都做不到，她的父亲嫌弃她，甚至说她是"让人不寒而栗的女儿"。父亲谎称格蕾特有病，不带她去社交场合，把她软禁在家里，哥哥也总是对她恶语相向，于是格蕾特开始畏惧男性。

后来，格蕾特的父亲把她送进特工学校，眼不见为净。

——没有人爱我。

奥利维娅愣了好久。

她一直盯着格蕾特的脸，好像时间停止了，眼睛都不眨一下。按理说，深深的伤口应该会让她感到剧烈的疼痛，可是她不以为意。

庭院中又传来乌韦的吼声。

在怒骂声中，格蕾特和奥利维娅盯着彼此。

随后，奥利维娅好像疯了一样，突然扬起嘴角。

"啊哈！"

她发出诡异的笑声。

"啊哈哈哈哈哈啊哈哈哈哈哈哈！啊哈哈哈哈哈啊哈哈哈哈哈！"

她好像一点都不怕伤口会因大笑而裂开。她按着肚子，笑得在地上打滚。

"你……笑什么？"

格蕾特习惯了别人的嘲笑，但也觉得有些不愉快，向奥利维娅问道。

"哎呀，我总算明白，"奥利维娅擦擦眼角的泪水，说道，"你为什么这么让人不愉快了。"

"……"

"当然不会有人爱你。"

奥利维娅不屑地说完这句话后，缓缓站起来。

"所以啊，胜利的会是我。"

她把手指伸进伤口，痛苦地取出子弹。她用匕首割破女仆工作服，马上用布条包扎伤口。

"你受了这么重的伤……还打算战斗吗？"

"啊？你说什么呢？这种想法真可怜。"

奥利维娅摊开手掌，笑起来。

"我只犯了一个错误，那就是打算自己解决问题。我告诉你啊，有人爱的女人用不着自己拼命，男人会来保护我。"

她手中拿着翡翠色的胸针。

奥利维娅用手指捏碎它，露出一个圆形的装置，上面有一个绿色的光点正在闪烁。

"发信器……"

"太好了，罗兰德似乎已经到附近了，他来救我了。"

格蕾特观察发信器，发现上面的绿色光点闪烁得越来越快。这个光点闪烁的速度或许代表着奥利维娅与"尸"的距离。

"五天前'篝火'现身的那一刻，我就向罗兰德发出了求救信号。虽然那是你伪装的，但从结果来看，我做对了啊。"

格蕾特倒吸了一口凉气。

她伪装成克劳斯是为牵制敌人，没想到却引来了敌人。

格蕾特拿出手枪，可是奥利维娅依然十分从容。

"哎呀，你想给我最后一击？可以啊，但之后你就会被气疯了的罗兰德大卸八块。因为他爱我！"

发信器的光点越闪越快。

格蕾特觉得自己失算了，她的胃又开始疼起来。

她的视界开始变暗，意识也开始变得模糊。

本该由克劳斯对付"尸"才对，可是她的失误恐怕影响了克劳斯的计划。克劳斯应该无法再次找到突然开始移动的"尸"。

最强的杀手就要到这里来了。

"无所谓……"

她没有灰心,纯粹只是因为不甘心输给奥利维娅。

格蕾特像祈祷一样嘟囔道:"和我计划的一样……一切,都和我计划的一样……"

这句话不知从什么时候开始成了她的口头禅。

——随时戴着面具的我,只能在特工世界生存下去。

因此,她必须比谁都聪明。

她必须处变不惊。

——要是做不到这些,谁会爱我这样的人?

就在发信器的光常亮不灭的时候,奥利维娅喊起来:

"这次你给我去死吧!带着你那张丑陋的、没人爱的脸去死吧!"

突然有什么东西从空中飞了过来。

奥利维娅笑容满面——

"啊?"

可是她的脸马上僵住了。

飞来的是一只行李箱。

那个黑色的巨大箱子出现在了格蕾特和奥利维娅之间。

行李箱不知为何是从她们上方飞下来的。

这是奥利维娅的花招吗?

她看向奥利维娅,却发现奥利维娅也愣住了。

格蕾特糊涂了。

到底是谁从什么地方把行李箱扔到了这里呢?又是为了什么呢?

不过,她觉得这个行李箱有点眼熟。

"真是一个可怜的家伙。"

奥利维娅回过头去。

刚才还没有人的地方正站着一名男子。看来就是他扔来行李箱的。从他那纤瘦的体形来看,难以想象他有这么大的力气。

"我实在无法理解,居然有人看到她的脸后不会有感触。"

那名男子自顾自地继续说下去:

"我直到现在都无法忘记在更衣室看到的那一幕。"

更衣室——听到这个词后,格蕾特也回想起来了。

那是她人生中最幸福的日子。

格蕾特因为时常戴着面具,洗脸也要格外注意。她会戴着面具入浴,然后到自己的房间偷偷擦拭她那张面具下的脸。不过她偶尔也想摘掉面具,用热水好好洗洗脸。

那天她大意了。

她故意没有去少女们都会使用的大浴场,而是选择了浴室,没想到正好被人撞见。

"我看到她真正的面孔时,瞬间便明白了。这名少女为赢得爱,学会了一身多么棒的本事,一直在多么努力地锻炼自己。那张面孔让我感受到,她有一颗最美的、光芒四射的心,令我如痴如醉。"

他迈着有力的步子走到格蕾特身旁。

"所以,我当时忍不住赞叹起来。"

克劳斯这么说——

"好美。"

格蕾特惊讶地打量着克劳斯的侧脸。

她发现那是真正的克劳斯。

不是某人伪装成的克劳斯,也不是她的幻想,她的心上人就站在她的身旁。

他是世界上唯一一个看到她真正的面孔后给予称赞的人。

奥利维娅似乎也马上明白过来,这名男子是她真正需要害怕的人。

"罗兰德呢?"她疯狂地吼叫着,"罗兰德,你在哪里!你在——"

"你用不着这么慌乱,他不是就在你的眼前吗?"

克劳斯轻描淡写地说着。

他的手指指着他们之间的那个行李箱。

"就是变得四四方方了。"

格蕾特再次观察起那个行李箱。

箱子大概有一米高,八十厘米宽。

如果硬塞进去,装下一名成年男性应该也没问题。

"奥利……维娅……"行李箱中传出男子的呻吟声。

看来克劳斯是生擒了敌人。

克劳斯的任务是暗杀敌人,可是他用难度更高的方式完成了任务。

"为什么……"奥利维娅嘟囔道,"你不是说不分上下吗?"

"不分上下?"克劳斯歪歪头,"对,我正想问问呢。这个男人见到我的时候说了很多莫名其妙的话,什么'宿敌''命中注定的对手''会打很久的交道'……他在说什么啊?"

"什么……"

"他太弱了。"

克劳斯毫不客气地否定了行李箱中的人。

被收进行李箱里的男子"尸"或许比奥利维娅或格蕾特要强大得多，但不是克劳斯的对手。

"他把平民当人质，毫不犹豫地杀人。以防万一，我需要优秀的帮手来对付他，但也仅此而已。他的水平无法和世界最强的我相提并论。"

奥利维娅有气无力地摇摇头。

随后，她缓慢地走向行李箱。

"这不是真的……"

她的声音颤抖着。

"我说，这不是真的吧？你说话啊，罗兰德……"

"奥利……维娅……"行李箱中传出虚弱的声音，"救救……我……"

"……"

奥利维娅发出不成声的呻吟，跪倒在行李箱前。她面无血色，流着眼泪，身体不停颤抖着。

格蕾特闻到了氨气的气味。

奥利维娅敲打着行李箱。格蕾特看不出她是想敲开行李箱，还是想折磨行李箱中的人。不过，那个行李箱明显不会因为来自外部的击打而打开。

"格蕾特。"

克劳斯叫了她一声。

"在……我已经准备好了那个可以凑成对的东西……"

格蕾特把藏在屋顶一角的行李箱拿给克劳斯。

克劳斯皱皱眉头。

"这是你的功劳，你自己来完成任务如何？"

"我想看看勇敢的老大。"

格蕾特觉得自己可以对克劳斯撒撒娇。

她一直觉得身体滚烫,腰都快直不起来了。

"不要叫我老大。"

克劳斯轻轻点头,嘟囔了一句,然后抓起红色的行李箱。他带着冷冷的目光,走向奥利维娅。

"你们杀了太多人。"克劳斯像在宣读罪状一样对奥利维娅说道,"就算是为了'影之战争',你们的行为也无法得到原谅。你应该已经做好心理准备了吧?"

奥利维娅摇摇头,说:

"他没有教我那些……"

她用拳头怒砸行李箱,发泄她的怨气。

"罗兰德没有教我……他明明爱我……"

"是吗?我现在明白你为什么会输了。"

克劳斯举起行李箱。

"你对我们来说连敌人都算不上。"

克劳斯把巨大的长方体抡起来,只见那个行李箱像张开嘴的鲸鱼一样吞下猎物。格蕾特最后听到了奥利维娅的惊叫声,可是行李箱已经合上,她的声音也随之消失了。

除格蕾特和克劳斯之外,屋顶只剩下一黑一红两个行李箱。

如此安静的落幕方式,对杀手们来说再合适不过了。

尾声　爱女

得知这次任务的内容后,克劳斯为其难度感到苦恼。

逮捕杀手,同时逮捕其帮手——这就是克劳斯接到的任务。

这两个目标肯定都是高手,如果先逮捕其中之一,另外一个目标就有隐藏起来的风险。

确实,只说难度,这次任务超过上一次。

如果克劳斯单枪匹马执行任务,想同时逮捕两个目标是极其困难的。

克劳斯控制住"尸"的同时,需要有人控制住"尸"的帮手。

——在我控制"尸"的同时,让八名少女控制"尸"的帮手……不对,考虑到风险,"尸"这边恐怕需要更多的人手啊……

克劳斯非常苦恼,他是特工的同时又是特工团队的老大,两个身份让他不知如何是好。

就在克劳斯发愁的时候,伸出援手的是格蕾特。

"我来分担老大的担子……"

克劳斯想赌一把。格蕾特那边没有他在,最优秀的小队成员也要被他带去对付"尸"。

这位少女说要在这样的情况下独自负责指挥、制订作战计划和随机应变,克劳斯想在她的身上赌一把。

她确实漂亮地解决了这个难题。

同时对付两个对手——这就是这次任务的全貌。

◇◇◇

书房中,乌韦看着奥利维娅。

奥利维娅已经作为女仆长为乌韦工作了好几年,他们之间没有超越主仆关系的深交,乌韦还经常乱发脾气。事到如今,乌韦觉得有点后悔。

他没有想到,他会在走到生命尽头前就和这位女仆长分道扬镳。

"你已经下定决心了吗?"

乌韦知道奥利维娅会说什么,可还是觉得有点伤心。

"对不起,乌韦先生,我还是觉得害怕。"

身穿便装的奥利维娅好像很对不起乌韦,低下了头。

"我不是已用枪赶跑了那个杀手吗?"

"但最后不是没找到杀手的尸体吗?我要去投靠熟人,去过不用提心吊胆的生活,乌韦先生也请保重。"

乌韦摇了摇头。

他知道恐怕是留不住她的。奥利维娅是一个年轻女子,他无法在受到杀手攻击的情况下一直强留她。

乌韦想以年长者的身份送给她一席话作为饯别。想到这里,他向她提出一个问题:

"你要去投靠的熟人是男人吗?"

奥利维娅惊得睁大眼睛。

"咦?我和乌韦先生说过我的恋人的事吗?"

"少瞧不起人!这还用你说,凭直觉都能猜到!"

"真不愧是乌韦先生啊。"

"嗯。那好，我这个老头子送你几句忠告……"乌韦知道自己是多管闲事，还是压低声音说，"奥利维娅，我一直感觉到那个男人身上有股邪气。每次放假回来，你身上都会带回诡异浑浊的气味。"

"……"

"我不认为那个男人爱你。他只是罗列出无数肤浅的甜言蜜语，设法利用你，然后把你当弃子丢掉。我总有这种感觉。"

奥利维娅微微张开嘴，愣住了。

看来她没想到他会在临别的时候说出这样的话，惊讶得不知道说什么才好。乌韦觉得说这种话像是给她泼冷水，但还是要劝告这位勤勤恳恳为他工作了好几年的女仆。

乌韦用与他的性情并不相符的温和语气说道：

"奥利维娅，请你信我一句话。等你见到他，就问他'有没有想对我说的话'，从他说出的那句话，你就能看穿他的想法。我只想告诉你这一点。"

奥利维娅的嘴动了几下。

乌韦本以为奥利维娅会觉得他烦人，把他的话当成耳旁风，看来他想错了。或许奥利维娅自己也早有察觉。

可是，乌韦也不知道她到底在想什么。

"那么……"奥利维娅的脸上露出像在开玩笑一样的微笑，"如果我对他说'你说话啊'，他说的是'救救我'，那说明什么呢？"

乌韦愉快地笑了，说："这还用问吗？当然是说明他白白生为男人，没有你爱的价值！"

痛快地笑过后，乌韦把一笔不菲的钱别礼交给奥利维娅，目送她离开了。

尾声 爱女

◇ ◇ ◇

"呼……"

离开乌韦的宅邸后,奥利维娅——面具下的格蕾特喘了一口气。

对方是她不喜欢的男性,但这次她顺利地骗过了对方。

她没有把真相告诉乌韦,因为说出真相,就得说出她们的真实身份。他已经记住了少女们的相貌,为避免特工的情报泄露,还是什么都不说最好。

"……"

格蕾特不知想起了什么,向路边的一个水洼中望去。

水面映出奥利维娅的脸,格蕾特的面具是赶工制成的,但做得天衣无缝。

她扮演的奥利维娅惟妙惟肖,心里却留下一片阴云,恐怕是因为乌韦最后的忠告吧。

——"尸"并不爱奥利维娅。

这种可能性,格蕾特连想都没想过。

因为奥利维娅充满自信,格蕾特也对她说的话深信不疑。不过,"尸"对她说"救救我"的时候,她感受到了什么呢?

"说不定……我和她其实很相似。"

格蕾特凝视着水洼中映出的那张脸,轻声自语道:

"再见……奥利维娅小姐……"

她摘掉面具,塞进自己的包里,把衣服也脱下来扔到一旁。

这样一来,为人们所知的奥利维娅便被埋葬了。

"灯"已经把她和"尸"一起交给了其他的小队。格蕾特不知道他们在受到审讯后会有什么下场。

不过，格蕾特一开始听到的任务内容是"暗杀"。

◇ ◇ ◇

少女们还是把女仆工作做到了雇用期结束。

她们一直扮演着兢兢业业的女仆，查清了奥利维娅的来历和"尸"是否有其他的帮手。她们查出，奥利维娅一直在窃取乌韦的情报和资产向"尸"提供帮助，并且不时除掉有所察觉的其他女仆。

吉维娅暗中劝导乌韦雇用值得信赖的女仆。

乌韦雇来代替她们的女仆，少女们在这里最后的工作就是查清新女仆的身份。

吉维娅显得有些依依不舍。

乌韦似乎也不愿意让吉维娅离开。

"多亏你们这些家伙，我的身体现在好多了。"他说，"我说不定能让议会通过一条改善儿童福利的法案，吉维娅。"

吉维娅感慨万千地点点头。

"不愧是乌韦先生。我还会再来玩的，你可要活久一点啊。"

"就算你这家伙不说，我也会活久一点！"

在吉维娅和乌韦互不相让的争论声中，少女们离开了乌韦的宅邸。

在车站迎接少女们的是萨拉和克劳斯，他们还带来了令人意外的惊喜。

"伯纳德！"

吉维娅和莉莉兴高采烈地冲向鸟笼。

鸟笼里有一只目光犀利的老鹰。它是这次任务的大功臣，少女们的英雄。

格蕾特松了一口气，说：

"原来它还活着啊……"

"短时间内它不能飞了，不过命是保住了。"

老鹰的翅膀上缠着好几层绷带。毫无疑问，老鹰受了重伤，不过在萨拉拼命的救治下保住了一命。

对"灯"的成员来说，这只聪明勇敢的老鹰已经是无可取代的同伴了。

吉维娅、莉莉与伯纳德玩耍了一会儿，但也没忘记关注旁边那个被冷落的男子。

"老师，距离上次见面到现在还没过多久，不过还是觉得好久不见呢。"

听到莉莉这句话，克劳斯也点了点头：

"你说得没错，毕竟我一直在别的城市。"

"对了，其他人呢？"

"她们打算处理完'尸'留下的问题后，好好观光一番再回阳炎宫。"

现在不在场的少女们肯定也经历了一次艰苦的任务。虽然她们身边有克劳斯，但毕竟对手是一名一流杀手。

吉维娅打了一个响指，说：

"那好，我们也放松一下再回去吧。"

"是啊，反正女仆的工资也拿到了！"

少女们兴奋地聊起观光胜地和现在就想吃的东西。她们这一个月一直在工作，休息日也要用来完成特工活动。憋了整整一个月，不好好发泄一下的话，她们实在咽不下这口气。她们看着萨拉准备的旅游手册，聊得热火朝天。

少女们统一意见后，吉维娅对克劳斯说：

"我说，今天你肯定有空吧？帮我们开车吧。"

"行，那我去借辆车。"

看来他也打算慰劳一下下属们。

"我都等不及了。"莉莉开心地说道，"五个人一起兜风！"

◇ ◇ ◇

克劳斯借了车回来的时候，那里只剩下格蕾特一个人。

"……"

莉莉、吉维娅、萨拉都不见了。

她们的行李也都消失了。

"姑且问一下，其他人呢？"

"她们迫不及待地冲上火车先走了……"

"那个女人没有一句真话啊。"

克劳斯叹了一口气。

他想问莉莉到底是以什么心情说出"五个人一起兜风"的。

虽说他已经料到了。

她们大概是想给格蕾特一个机会吧。

也说不定是想给他一个机会。

"我都借好车了，你要是不介意，就和我一起去兜兜风吧？"

"好的，我很乐意。"

克劳斯让格蕾特坐上副驾驶座，沿着海岸驱车行驶。这天天气非常好，他们只是看着湛蓝的大海就觉得心情舒畅。

格蕾特似乎有点紧张，一直沉默不语。

克劳斯本以为一旦两人独处，格蕾特又会发起攻势，看来他猜错了。大概是因为他们已经一个月没见了吧，格蕾特紧紧攥着拳头，身体僵硬。

"格蕾特。"克劳斯开口说道，"这一个月我一直在想你的事。作为团队的老大、世界最强的特工，还有作为一个男人，我该如何面对你的感情。"

这是一道他从未遇到过的难题。

在他的人生中，曾经有几个人向他表现出爱意，大多数都是在他执行任务的过程中。让对方对他产生爱意，他就能更顺利地操纵目标，但他一向公私分明，只是利用对方的爱意完成任务。

可是，唯独格蕾特对他的爱意，他必须认真对待。

"你得出结论了吗？"格蕾特不安地问道。

"是的。"

克劳斯把车停在路旁。

"我决定抛开理想、责任和漂亮话，以一个男人的身份说出自己的真心话。"

克劳斯下了车，格蕾特也跟着他从车上走下来。

他们站在一道能极目远眺的山崖上，克劳斯面向格蕾特。

她已经无法再逃避克劳斯的回答。她抿着嘴唇，凝视着他。

风吹得格蕾特的头发飘动起来。

等风停下后，克劳斯说：

"格蕾特，我实话实说了。我无法对你产生爱意，我无法回应你的感情。"

"嗯……"

"不过，我希望你不要误会。我本来就没有对任何人产生过爱意。你不能成为我的恋人，不是因为你没有魅力，问题在我自身。我本来就不想恋爱，说得通俗一点，就是我没有这方面的欲望。"

克劳斯这样说道。

"我想要的是家人的爱，通过艰巨的任务和平和的生活培养出来的亲密关系。"

他的同伴们曾经把他从绝望和孤独中拉出来，接纳了他。

那温暖的感觉深深刻在他的心中。

"格蕾特，所以我无法回应你的爱。我无法把你当成女性来爱，就算你移情别恋，我也没有权利说什么……"

"……"

"不过，如果你愿意留在我身边，我希望能像爱家人一样爱你。"

大风又吹了起来。

格蕾特的头发随风飘起，短暂地遮住她的脸。风停下，她的脸又一次展现在克劳斯面前的时候，已经被眼泪打湿。

"我有个……请求。"

格蕾特的声音又轻又细。

她把手伸向自己的脸，轻轻揭掉遮在脸上的面具。

她那红透的脸和黑斑一起出现。

"请对我说一句话……亲口对现在的我说一句话吧……"

"我早就想好了。"

克劳斯把手伸向格蕾特脸上的黑斑，温柔地抚摸。

"格蕾特，你很美。"

尾声　爱女

就像有什么爆开一样,格蕾特的五官扭曲了。

一开始,克劳斯只是听到像哽咽般轻轻的呻吟声。格蕾特紧抿着嘴,两只手捂着嘴巴。可是很快,眼泪还是从她的眼中流出来,她控制不住地哭了起来。泪珠落到地面上时,格蕾特也扑到克劳斯的胸口哭了起来。熟悉了她平时的样子,很难想象她会这样哭得像个孩子。

克劳斯把手伸向她的后背,温柔地抱住她。

她的代号是"爱女"。

一开始,克劳斯觉得这个代号颇具讽刺意味。

可是现在,他觉得这才是最适合她的代号。

下一个任务

克劳斯他们直到深夜才回到阳炎宫。

他花了将近一整天时间和格蕾特约会。这一天里,格蕾特片刻都没有离开他身旁。他们参观了很多观光胜地,在回家的火车上聊天和吃晚饭。

克劳斯也不知道这里面有多少是对家人的爱,有多少是异性之间的爱。

他也不知道自己作为团队的老大做得对不对,他是不是只是在用冠冕堂皇的话搪塞格蕾特。

他的脑海中出现许多疑问,但他决定就当不知道。

这个世界上没有绝对正确的选择,只有让选择走向正确的行动。

"我有一件令人很难为情的事要告诉老大……"约会的时候,格蕾特说了这样一番话,"我曾经觉得……小队里的所有人迟早都会对老大产生爱意……"

"别说了,我想都不愿意想。"

"小队早晚会因为对老大的争夺分崩离析。"

那是能想到的最糟糕的结果。

身处因为恋爱闹矛盾的小队中,简直如同身处地狱,想一想都觉得害怕。

"不过,伪装成老大的时候,我发现同伴们都支持我对老大的感情……"

"是吗?"

克劳斯点点头,他觉得她们就是一群这样的少女。

"'灯'真是一个好团队……"格蕾特显得有些难为情。

克劳斯还和格蕾特讨论了小队今后的发展。他一直独自一人思考小队的问题,但他现在觉得,和别人商量一下也不错。

偶尔放慢节奏也不坏。

然而,这个世界并不打算给他们休息的时间。

克劳斯到门厅的时候,发现莉莉正一脸急切地站在门厅中。看到他后,莉莉马上跑了过来。

"怎么了,脸色怎么这么难看?"

看来是出现什么异常状况了。

克劳斯本以为是那件事,但看样子不像。

"那、那个!蒂娅她们只是负责任务的善后工作吧?"

"我是这样告诉她们的啊。"

克劳斯让她们调查"尸"的痕迹,看有没有漏掉什么情报,而且这项任务他也已经完成了大部分。直觉告诉他,少女们不会有什么新的发现。

"她们还没回来……"

克劳斯想起那四名小队成员。

她们是优雅美艳的黑发少女蒂娅、高傲的银灰发少女莫妮卡、纯真的灰桃发少女安妮特以及冷静的金发少女埃尔娜。

四人都非常优秀,克劳斯不觉得她们会推迟回到阳炎宫的时间,而且也不联络一下。

"毕竟有埃尔娜在啊,希望她们只是因为乘坐的交通工具遇到了问题……"

克劳斯有种不祥的预感。他也不知道为什么,他在这种时候的预感总是非常准。

"现在天已经黑了,我们等到明天天亮吧。"

"要是等到天亮,她们还没回来呢?"

"去找。这是紧急任务,大家都准备好。"

克劳斯冷静地说出他的决定。可是他心里基本已经确信,少女们明天也不会回来。

而他的预感成真了。

四名少女失踪了。

◇ ◇ ◇

黑发少女蒂娅半夜悄悄离开床。

她们现在在旅馆的房间里。因为手头钱不多,所以她们只开了一间房。这个房间只有两张床,她们要两人挤一张单人床。蒂娅觉得挤得慌,始终睡不着。

她从房间的穿衣镜中看到了美丽的自己。

她的身材凹凸有致,头发乌黑发亮,嘴唇丰满性感,只要用舌头一舔,就会反射出优雅美艳的光。她觉得自己的容貌完美无缺。

——不过……

蒂娅呼出一口气。

——问题是,现在的状况不是用美貌就能解决的……

她开始想该如何是好。

"你也还没睡着啊。"

从窗户的方向传来声音。

银灰发少女坐在窗台上,脸上带着高傲的笑容。

她的长相偏中性,身材和个头都是中等,别人无法找到能准确描述她的词语。她的外貌和以吉德、克劳斯为代表的一流特工一样,不管怎么看都找不出什么特征,让人捉摸不透。

她是银灰发少女莫妮卡。

她似乎刚从外边回来,身上穿着执行任务时穿的衣服,似乎是从没关的窗户钻进来的。

"安妮特和埃尔娜睡着了?"

"是啊,我给她们唱了摇篮曲,真是好久没唱过了……嗯,上次好像是一个月前吧。"

"分明是不久之前。"

"我还教了格蕾特呢。呵呵,她要是用好我教她的技巧,现在应该正躺在床上,把老师抱在怀里,唱给他听呢。"

"本人倒是觉得你的建议只会有反效果。"

莫妮卡说了一句相当冒犯人的话,从窗台上跳了下来。

"那么,怎么办啊?"莫妮卡瞪着蒂娅。

"你指什么?"

"这还用问吗,时间不多了,快点做决定。"

就在蒂娅想着该说什么来搪塞她的时候,莫妮卡动了起来。

她的手中握着手枪,枪口指向蒂娅。

"你要背叛'灯'吗?你要是有这个打算,就早点说。"

莫妮卡的脸上露出高傲的笑容。

"因为需要处理你的尸体。"

这难以置信的状况突然到来，毫无预兆地发生了，没有给优柔寡断的她一点时间。

蒂娅咽了一口唾沫，看了看背后熟睡的灰桃发少女——安妮特。

她必须找到打开局面的办法。

为防止"灯"崩溃，她只能行动起来。

后记

好久不见，我是竹町。

虽说这部分内容不太适合在第二集的后记里说，但接下来我还是想说说第一集刚发售时的事。

第一集在日本发售时，日本角川幻想文库编辑部为我的这部作品展开了声势浩大的宣传。编辑部制作了精良的宣传视频，请配音演员给七名少女和克劳斯都配了音；多摩书店还摆上了七名少女的等身立牌；网上进行了七名少女的人气投票；泊里老师也在人气投票之后，在推特上放出了克劳斯和七名少女的漂亮插画。

没错——七名。

带上编辑部、配音演员老师、书店方、泊里老师一起撒谎，作者本人也诚惶诚恐，非常感谢大家的帮助，谢谢大家。

在第一集的插画中藏起来的那孩子肯定会抱着膝盖说"不幸……"，我真想为她做点什么，拜托了，责任编辑老师。

接下来是致谢。

负责插画的泊里老师，非常感谢您在第一集后继续承担让本作品保持特色的工作。今后在这部作品里，插画或许还会发挥关键作用，希望老师能不离不弃，继续为本故事创作插画。

我也要特别感谢继第一集后在第二集中也给了我建议的R老师。

购买《特工教室》的读者，我真不知道该如何感谢各位。

特工教室 2

为了能给各位读者提供一段开心的时光,我今后也会继续努力。

本集在日本发售时,各位读者应该已经得到消息,本系列已经决定着手制作漫画作品了。推特上的官方账号会公布详细信息,希望大家能关注一下。

最后我要解释一下,在第一集发售时的角色人气投票中,第二集封面上的少女取得了第一名,可是因为故事的构成,我实在没办法让她在第二集里登场。

至于原因,希望大家在看到第三集的标题和内容时能理解。

为了写出让各位读者满意的作品,下一集我也会继续努力,再会。

竹町

图书在版编目（CIP）数据

特工教室.2/(日)竹町著；(日)泊里绘；刘晨译. -- 天津：百花文艺出版社，2023.7
ISBN 978-7-5306-8565-5

Ⅰ.①特… Ⅱ.①竹… ②泊… ③刘… Ⅲ.①长篇小说－日本－现代 Ⅳ.①I313.45

中国国家版本馆CIP数据核字(2023)第093227号

原著名：《スパイ教室02〈愛娘〉のグレーテ》
著者：竹町，绘者：トマリ
SPY KYOSHITSU Vol.2:《MANAMUSUME》NO GURETE
©Takemachi, Tomari 2020
First published in Japan in 2020 by KADOKAWA CORPORATION, Tokyo.
Simplified Chinese translation rights arranged with KADOKAWA CORPORATION, Tokyo.
Translation copyright ©2023 by Guangzhou Tianwen Kadokawa Animation & Comics Co., Ltd.
未经出版者预先书面许可，不得以任何方式复制或抄袭本书的任何部分。
著作版权合同登记号：02-2023-062

本书为引进版图书，为最大限度保留原作特色，尊重作者写作习惯，酌情保留了部分外来词汇。特此说明。

特工教室2
TEGONG JIAOSHI 2

[日] 竹町 著；[日] 泊里 绘；刘晨 译

出 版 人：薛印胜
责任编辑：李 信
出版发行：百花文艺出版社
地址：天津市和平区西康路35号　邮编：300051
电话传真：+86-22-23332651 (发行部)
　　　　　+86-22-23332656 (总编室)
　　　　　+86-22-23332478 (邮购部)
网址：http://www.baihuawenyi.com
印刷：湖南天闻新华印务有限公司
开本：787毫米×1092毫米　1/32
字数：157千
印张：7
版次：2023年7月第1版
印次：2023年7月第1次印刷
定价：40.00元

本书如有印装质量问题，请与广州天闻角川动漫有限公司联系调换。
联系地址：中国广州市黄埔大道中309号 羊城创意产业园3-07C
电话：（020）38031253 传真：（020）38031252
官方网址：http://www.gztwkadokawa.com/
广州天闻角川动漫有限公司常年法律顾问：北京市盈科（广州）律师事务所
版权所有 侵权必究